Friedrich Oetker

Aus dem norddeutschen Bauernleben, Schildereien

Friedrich Oetker

Aus dem norddeutschen Bauernleben, Schildereien

ISBN/EAN: 9783742898371

Hergestellt in Europa, USA, Kanada, Australien, Japan

Cover: Foto ©Andreas Hilbeck / pixelio.de

Manufactured and distributed by brebook publishing software
(www.brebook.com)

Friedrich Oetker

Aus dem norddeutschen Bauernleben, Schildereien

Aus dem

norddeutschen Bauernleben.

Aus dem norddeutschen Bauernleben.

Schildereien

von

Friedrich Oetker.

Berlin.
Verlag von Gebrüder Paetel.
1880.

Inhaltsverzeichniß.

I.

Der Vollmeier und der Tagelöhnersohn.

Der Vollmeier und der Tagelöhnersohn.

———

„Junge," rief der Vollmeier Söffker seinem Neffen Kristel beim Musessen zu und begleitete seine Worte mit einer schallenden Ohrfeige, „Junge, eis Einen un eis Neinen, hebbe 'k di segt, un du Düwelsbengel nimst alle Mal twei!"

Es begab sich dies zu einer Zeit, wo noch in jedem rechtschaffenen Bauernhause des Morgens statt des nun üblichen Kaffees Mus gegessen wurde. Das war ein sehr nahrhaftes und wohlschmeckendes Essen, eine Art Mehlsuppe, in welche zur Verbesserung noch kleine Brodstücke geschnitten wurden, die im Niederdeutschen „Plokken" heißen. Auf solche Plocken bezog sich die strafende Rüge des Vollmeiers; und es muß hinzugefügt werden, daß er dabei die stille Billigung der ganzen Tischgesellschaft fand. Diese bestand, außer dem Hausherrn, aus dem Großknecht Konrad, dem Kleinknecht Karl, der Großmagd Wilhelmine, dem

1*

Haussohne Ferdinand, der Haustochter Elisabeth, welche
die Stelle einer Kleinmagd einnahm, und aus den
beiden Pferdejungen Kristel und Heinrich.

Kristel war der Sohn eines verstorbenen Halb=
bruders des Vollmeiers, und glaubte daher zuweilen
sich etwas mehr herausnehmen zu dürfen, als sonst
einem Pferdejungen gestattet ist. Allein der Oheim
hielt streng auf Ordnung und Gerechtigkeit und ließ
dem Neffen, der übrigens ein gutmüthiger und aufge=
weckter Junge war, nicht leicht Etwas hingehen, selbst
wenn sich's nur um geringfügige Dinge handelte.
Darum wurde auch jetzt das Verhalten des Kleinen so
scharf geahndet, obwol nur ein paar Brodstückchen in
Betracht kamen.

Beim Musessen stand die große dampfende Schüssel
mitten auf dem Tische. Teller gab es nicht. Jeder
langte mit Löffel und langem Arm in die Schüssel.
Dabei galt es aber als gute Lebensart, einander nicht
durch einen schnelleren Löffelgang oder durch unbe=
scheidenes Plockennehmen zu übervortheilen. Es mußte
gewissermaßen „Schlag gehalten“ werden, gerade wie
beim Dröschen, und da es ungefähr so eingerichtet
war, daß es doppelt so viele Löffel Suppe gab als
Plocken, so hatte das Gebot: „eis Einen un eis
Neinen!“ stets allgemeinen Anklang gefunden, und

die Strafe der Uebertretung fand eben so allgemeine Billigung.

Allein Niemand wagte eine Aeußerung. Kristel rieb sich mit der Linken den rothen Backen, während die Rechte unausgesetzt bestrebt war, mit den Uebrigen „Schlag zu halten", und diese hielten aus Scheu vor dem Herrn ihr Lachen und ihre Bemerkungen zurück, obwol dies den meisten schwer genug wurde.

Ueberhaupt ward Söffker von den Seinen eben so sehr gefürchtet als geliebt oder wenigstens geachtet. Er war streng bis zum Aeußersten; jede Nachlässigkeit, jede Unordnung wurde scharf gerügt; von früh bis spät mußte Jeder in Thätigkeit sein; aber er schonte auch sich selbst und die eigenen Kinder nicht. In Fleiß und Ordnungsliebe that er es Allen zuvor; wurde ihm Etwas nicht recht gemacht, so nahm er wol dem Knecht die Axt oder die Sense, oder der Magd die Kartoffelhacke aus der Hand und zeigte langsam und augenfällig, wie es besser zu machen sei. Hing eine Harke an der verkehrten Stelle oder war eine Schaufel nicht blank geputzt, so entging der Schuldige dem Strafgericht nicht. Suchen war ein Verbrechen; Alles mußte sofort zur Hand sein. Als ein neuer Pferde-junge das Geräth des Tages nicht gehörig gereinigt hatte, wies Söffker ihn sanft darauf hin und sagte:

„Hinnerk, wi mötet in der ganzen Gegend dat blankste Geschir hebben! meinst du dat nig ôk?" Beim zweiten Male nahm er den Sünder beim Ohr und fragte, ihn schüttelnd: „Hinnerk, wer mot dat blankste Geschir hebben?" Was beim dritten Male geschah, braucht nicht erst gesagt zu werden; aber ein solcher Fall kam nicht leicht vor, ein vierter niemals.

Auf der anderen Seite war Söffker seinen Leuten ein gerechter Herr, und ging ihnen mit Rath und That zur Hand, wo er nur konnte. Er bezahlte sie auch gut, und vor allen Dingen sah er auf gutes Essen und Trinken. „Wen Einer wat daun schal," pflegte er zu sagen, „sau mot hei ôk wat ünner 'n Harten¹) hebben! Des Morgens en Kump vul Maus un des Middags Arften²) oder Bohnen, dat steit bi'n Ribben!"³)

Als das Mus verzehrt war, sprach eins der Kinder ein kurzes Gebet, und dann ging's an's Dröschen, wo- bei Kristel und Lisbethchen das Wenden zu besorgen hatten.

Es war noch vor 6 Uhr Morgens, an einem

---

¹) Unterm Herzen.
²) Erbsen.
³) Das steht bei den Rippen, das dauert und gibt Kraft.

dunklen, feuchten Novembertage; es mußte daher noch
lange beim Laternenschein gearbeitet werden. Nach
den ersten Anordnungen sollte das ganze Tagewerk in
Dröschen bestehen. Plötzlich aber erging ein anderer
Befehl. Das Wetter scheine günstig zu werden, hieß
es; Jedes solle sich bereit halten, sofort nach dem
Frühstück in den Berg zu gehen, um Streuzeug zu
machen.

Söffker war ein so guter Landwirth, daß er auf
Düngerbereitung den größesten Werth legte. Seine
Mistgruben waren nach dem damaligen Stande bäuer=
licher Ackerwirthschaft wahre Musterstätten. „De Mes-
fâl," pflegte er zu sagen, „is för den Buern de beste
Goldkule".[1]) Er hatte früh, und zwar aus eigenem
Antriebe, die Stallfütterung eingeführt, Wiesen ver=
bessert und vermehrt, Entwässerungen und Bewässerungen
vorgenommen u. s. w.

So war er denn auch alljährlich bemüht, einige
Fuder Streuzeug zu erlangen; doch nahm er sie nicht
leicht aus der eigenen kleinen Waldung; „den mine
lütjen Böme," sagte er im Stillen, „mötet ôk nog
Dünger hebben."

Auch dieses Mal hatte er sich die Erlaubniß ver=

---

[1]) Die Miststätte ist für den Landwirth die beste Goldgrube.

schafft, ein gutes Fuder Streuzeug aus den Staats=
forsten zu holen. Da die angewiesene Stelle ziemlich
hoch am Berge lag, so hatte die Abfuhr Schwierig=
keiten. Söffker dachte also ungefähr so: „Ein gaud
Fauer is sau vêl as twei lütge Fäuer; lütje kan 'n
awer beter affäuern[1]); un wen sau'n lütj Fauer
justemente en beten grôt ûtfallen schölle, na, den
is dat jo ôk nein grôt Unglükke!"

Aber es war gerade nicht nöthig, daß der Herr
Förster das „merkte"!

Mit dem Herrn Förster stand Söffker auf gutem
Fuße, und mit der Frau Försterin auf noch besserem!
Er hatte einen trefflichen Hühnerhof und einen wohl=
besetzten Bienenstand. Da sich nun die Frau Försterin
mitunter theilnehmend erkundigte, ob daheim Alles gut
gedeihe, so glaubte Söffker diese Fragen nicht besser
beantworten zu können, als wenn er ihr von Zeit zu
Zeit ein paar junge Hahnen oder eine fette Gans oder
einen Topf mit Honig oder dergleichen zustellte, und er
hatte dann jedes Mal die stolze Freude, daß Alles
höchlichst gerühmt wurde. Ja, einmal kam sogar die
Försterin selbst angefahren und versicherte, daß sie

---

[1]) Ein gutes Fuder ist so viel wie zwei kleine Fuder;
kleine kann man aber besser abfahren.

ein so schönes Bienenhaus noch niemals gesehen habe, wie das seinige; da sei es freilich kein Wunder, daß der Honig so ausgezeichnet gut schmecke!

Auch der Förster war immer sehr freundlich. Da Söffker in seinen jüngeren Jahren ein großer Jagdfreund gewesen war und auch jetzt noch, wie er sich ausdrückte, zuweilen gern 'mal „hinhielt", so ließ ihn der Förster mitunter zu den größeren oder kleineren Jagden einladen. Und so war er auch jetzt vom Forsthause benachrichtigt worden, daß von zehn Uhr an ein Treibjagen stattfinden solle, wozu Söffker sich einfinden möge. Der Ort lag aber in einem ganz anderen Reviere, als die Stelle, wo das Fuder Streuzeug angewiesen war.

Söffker erkannte sofort die Bedeutsamkeit dieses Umstandes, dankte ablehnend für die Einladung, und änderte auf der Stelle die Tagesordnung; denn, dachte er, wenn drüben gejagt wird, kann man hüben um so „ungestörter" arbeiten.

Die ganze Mus= und Dröschgesellschaft brach also bald nach dem nahen Waldgebirge auf, die Einen mit Rechen zum Laubharken, die Anderen mit Hacken zum Moos= und Haidesammeln, die Uebrigen mit Laken, um Alles an möglichst bequeme Aufladeplätze zu tragen. Söffker traf seine Anordnungen so, daß zwei Haupt=

ladeplätze in ziemlicher Entfernung von einander aus=
gewählt wurden. Wir werden bald sehen, wie klug=
gedacht und vorsichtig diese Maßregel sich erwies.

Zunächst begann nun eine mehrstündige emsige
Thätigkeit, ohne daß dabei mehr Geräusch gemacht
werden durfte, als eben unerläßlich war. „Alles tau'r
richtigen Tid," pflegte Söffter zu sagen, „arbeien un
kören!" [1])

Dann wurde eine Stunde „Schicht gemacht" um
das Mittagsmahl zu halten. In einer windstillen
Ecke hatte Kristel mit dürrem Fallholz ein Feuer ange=
zündet, um welches die Gesellschaft sich lagerte. Warmes
Essen gab es natürlich nicht; aber Brod und Butter
und Speck war in reicher Fülle vorhanden und
schmeckte nach der Arbeit und Bewegung vortrefflich.
Dazu gab's ein gut Glas Kornbranntwein; auch die
Mädchen und die Jungen mußten eine Kleinigkeit
trinken; denn „in sau'n fuchtig-kolen Harwstwêr" [2]),
sagte Söffter, „is en lütjen Schluk nig tau verachten,
obschon ek im Ganzen von Brennewînsdrinken niks
hole!"

Danach erzählte er, wie das in aufgeräumter

---

[1]) Alles zur richtigen Zeit, Arbeiten und Plaudern!
[2]) Feuchtkaltem Herbstwetter.

Stimmung seine Art war, den Leuten eine Geschichte, und zwar dies Mal die Schlacht von Trafalgar. Die beiderseitigen Linienschiffe und Fregatten wußte er genau aufzuzählen, die Stellung der beiden Flotten bezeichnete er mit dem Stiel seiner Hacke im Boden, der Fortgang des Kampfes ward geschildert — da mit einem Male fiel der verhängnißvolle Schuß aus dem Mastkorbe des gegnerischen Schiffes und Nelson sank tödtlich getroffen zusammen.

In diesem Augenblicke fiel, während die Leute athemlos horchten, wirklich ein Schuß, und Söffker warf die Augen erstaunt nach der Richtung des Schalles.

„Wat de Düwel," brummte er, „jaget de Kêrls dog hîr?"

Aber nur sekundenlang stand er unthätig. Dann rief er: „rasch, Lüe, an jue Plätze! Du, Kunrad, geist hendal! du, Karel, rechts, wît henût! ek gae höger bet an den Weg. Wahrschînlich kumt de Föster dar vörbi. Schöl' hei awer up einen van jök taudrêpen, sau raupe ji sau lûd as ji könt Here, hîr is wer! Süs awer Alle stille! nein Wôrd! nein Lûd!"

Lord Nelson konnte am Bord der Victory nicht gemessener kommandirt haben. Jeder ging lautlos an

seinen Platz und Söffker selbst begab sich in die Nähe
des Weges, setzte eine kurze Pfeife in Brand und fing
eifrig an zu arbeiten.

Er hatte richtig gerechnet. Nach kurzer Zeit nahten
Schritte und der Förster rief freundlich:

„Guten Tag, Herr Söffker! Dacht' ich's doch!
immer fleißig! Statt Hasen zu schießen, sammeln Sie
Streuzeug. Nun, Sie haben nicht viel versäumt, es
war ein „schlechter Tag heute!"

„Jagdglük, Düwelsstrik! Herr Förster! das heißt
natürlich nur für einen Bauern! Ein Landmann
soll auf seinen Ackerbau sehen und Jagd und der=
gleichen Anderen überlassen! Mein Vater seliger pflegte
zu sagen: „Jagd, Fischfang und Vogelstellen verdirbt
manchen jungen Gesellen!"

„Sehr weise, Herr Söffker, sehr weise! Aber ich
möchte doch wetten, daß Sie Ihre Flinte da irgendwo
hinter'm Busche haben, ha! ha!"

„Topp, Herr Förster, es gilt! zwanzig Thaler
gegen den besten Nüttchêster" [1]).

„Na, na, Sie Schalk!" scherzte der Förster und
gab dem biedern Jagdverächter lachend die Hand, „wir
kennen das!"

---

[1]) Nutzholzbuche.

„Ich will nicht leugnen, Herr Förster," lächelte Söffker, „daß ein Hasenbraten mitunter ein gutes Essen ist; aber ein Gänsebraten thut's auch, und den habe ich bequemer, und die Gänse sind dies Jahr gut gerathen."

„Ach, da wird sich meine Frau freuen," erwiederte der Förster. „Niemand hat solche Gänse, wie der Söffker, pflegt sie zu sagen! Ueberhaupt haben Sie bei der Försterin einen guten Stein im Brett; ich könnte fast eifersüchtig werden!"

Der Vollmeier lachte, als wenn er sagen wollte: „Ja, ja, ek weit al, wat dat te bedüen het!"

„Aber was machen Sie denn da," fuhr der Förster fort, „die Haidebüschel sollten Sie doch nicht abhauen, die würden ja künftiges Jahr Ihren Bienen eine gute Ernte geben. Beiläufig: wie waren denn dies Jahr Ihre Stöcke?"

„Nicht zum Besten, Herr Förster! aber es wird doch möglich sein, gute Freunde nicht zu vergessen."

„Wirklich? Da wird sich meine Frau freuen. Sie sagte noch dieser Tage zu mir: Mann, an dem Söffker haben wir doch einen rechten Freund! . . . Nun, ich denke, Sie haben doch nicht alle Haide weggehauen . . . ich muß doch da unten 'mal nachsehen . . ."

Das lag nun aber keineswegs im Plane Söffker's.

Er beeilte sich daher, ablenkend zu erwidern: „Das ist nicht der Mühe werth, Herr Förster! Die besten Stellen habe ich verschont. Es wäre wirklich schade, dachte ich mir! Der Dünger entgeht mich wol; aber Honig ist doch noch besser, und so'n „klein Fuderchen" bringen wir auch wol ohne die Haide zusammen. — Wenn Sie's recht ist, zeige ich Ihnen den Haupt= platz. Ich denke dort nächsten Herbst mit Ihrem Ver= laub einen besonderen Stand für eine Anzahl Bienenstöcke einzurichten. Jetzt ist der Weg für die armen Thierchen zu weit; an Ort und Stelle aber werden sie das Zehnfache einheimsen können, und das soll uns, denke ich, recht wohl bekommen.

Dabei führte Söffker den Förster nach einer ganz anderen Richtung, als dieser in bedrohlicher Weise an= gedeutet hatte, zeigte ihm dann die Stelle, die er für den Bienenstand im Auge habe, lenkte hierauf das Gespräch auf einen „Nüttehöster", der noch etwa fünf Minuten weiter entfernt war und den er wol ange= wiesen haben möchte, und kehrte endlich, nachdem er vom Förster die schönsten Zusicherungen erhalten und diesem die schönsten Grüße an die Frau Försterin auf= getragen hatte, zu seinen Arbeitern zurück.

Diese waren inzwischen nicht müßig gewesen. Bald kamen die Wagen an und es ging an's Auf=

laden, wobei nun aus dem „kleinen Fuderchen“ zwei starke Fuder wurden. Aber es blieb noch die Sorge um die Heimfahrt.

Solche Bergabfahrten waren bei dem damaligen Zustande der Wege 2c. keine geringe Aufgabe. Wer sie zum ersten Male sah, schloß unwillkürlich die Augen; denn es schien, als müsse Alles drunter und drüber gehen. Hemmschuhe und Hemmschrauben hatte man nicht; dagegen wurden die beiden Hinterräder mit schweren Ketten festgebunden. Ferner waren die Deichselpferde mit starken Hintergeschirren zum Auf= halten versehen und eine der Hauptaufmerksamkeiten und zugleich der Hauptgeschicklichkeiten bestand darin, daß der Fuhrmann, während er mit der Linken die Zügel hielt, sich mit dem rechten Arm über die Deich= selspitze legte und solchergestalt das Emporrichten der Deichsel hinderte und das Zurückhalten von Seiten der Pferde erleichterte. Natürlich gehörte zu einem solchen Manöver nicht wenig Muth und Geschicklichkeit. Die Bergabfahrt mit voller Ladung galt daher gewisser= maßen als eine Art Meisterstück und wer sie richtig vollbrachte, konnte mit Bewußtsein als rechter Fuhr= mann und Pferdeknecht auftreten.

Konrad, der den ersten Wagen fuhr, war sicher und geübt; Karl, der zweite Wagenführer, hatte Muth

und Gewandtheit, aber noch wenig Erfahrung. Gleich=
wol würde er seine Aufgabe gut gelöst haben, wenn
nicht das rechte Deichselpferd zu Fall gekommen wäre.
Durch den plötzlichen Ruck auf die Deichsel verlor er
das Gleichgewicht und schwebte nun in höchster Gefahr.
Zum Glück befand sich ein dicker Stein in der
Spur des einen Rades. Söffker, der aufmerksam
nebenher ging, warf schnell einen zweiten vor das
andere Rad, während sein Sohn die Zügel ergriff
und das andere Pferd zurückhielt. So gelang es, den
Wagen zum Stehen zu bringen und Karl aus dem
Wirrwarr hervorzuziehen.

Der Arme war schwer verletzt; entweder hatte er
einen Schenkelbruch oder eine gefährliche Verrenkung
erlitten; denn er konnte sich nicht vom Fleck bewegen.
Dabei waren ihm Arme und Gesicht arg zerschunden
und zerquetscht.

Das Alles war um so übler, als schon die Dun=
kelheit hereinbrach. Aber da half kein Zaudern. Zu=
nächst ward der Wagen durch weitere Hemmsteine völlig
sicher gestellt. Dann gebot Söffker, einen Theil der
Ladung abzuwerfen und oben einen möglichst bequemen
Ruheplatz für Karl herzurichten. Zugleich beorderte er
den Pferdejungen Heinrich nach dem Kirchdorfe, wo
der nächste Wundarzt wohnte, um diesen nach dem

Meierhofe zu bestellen. Dann nahm er selbst die
Peitsche in die Hand und fuhr die Ladung mit lang=
samer Bedächtigkeit an Ort und Stelle, wo Konrad
mit der ersten Fuhre längst wohlbehalten angekom=
men war.

Für den armen Karl war das eine martervolle
Fahrt, und die Herabnahme vom Wagen und die Zu=
rechtbettung vermehrte noch seine Schmerzen.

Endlich kam der „Fellschêr", ein kurzes, gelenkes
Männlein, das seine Laufbahn mit Barbieren begon=
nen, als Regimentswundarzt ein paar Feldzüge mit=
gemacht und schließlich in dem Kirchdorfe einen nicht
allzu einträglichen Posten gefunden hatte. Mit strah=
lendem Gesicht trat er ein, warf den Rock ab und fing
an, den stöhnenden Karl nach allen Richtungen hin zu
untersuchen.

„Na, Herr Warmke," sagte endlich Söffker, dem
Zeit und Weile lang wurde, „wo steit et?"

„Ja, schlecht 'naug, aber ganz gôd!" erwiderte
Warmke, der ein wunderliches Gemisch von zahl=
reichen Mundarten zu sprechen pflegte, „de Hüft is
verrenkt, de Knoke ût de Pann' . . . awers ganz
gôd . . . Hätt' ich ein paar orrentliche Gehülfen, da
künnt's angân; awersten ik seh mir allein; allene
gehen müßte es doch! Allons! Mâl dat Bedde abge=

rückt! Dann einige Handdäuker herbi! Herr Söffker. Konrad, Fernand, Se möten helpen. Alle Annern hinaus! Alles 'naus! Kristel kann Wasser langen!"

Dann wurde Jeder angewiesen, wie und wo er zu halten, zu ziehen, zu drehen hatte, und so sollt's losgehen.

Aber der arme Dulder wurde schon von den bloßen Vorbereitungen dergestalt in Schrecken versetzt, daß er laut aufschrie und ein über das andere Mal rief: „Ek kan't nig hebben, ek kan't nig hebben, ek wil leiwer starwen!"

„Alle loslassen!" rief Warmke und stellte sich aufrecht, die Hände in die Seiten gestemmt.

„Aberften Kärlchen! was Deuſel! kan't nig hebben? Neen, so is dat nig! Starwen?... Ok nig! Zu's Sterben is det nig, aber zu's Hinken! Kiken Se mâl, sau!"

Nun machte Warmke dem Kranken und den Uebrigen genau vor, wie er künftig gehen oder vielmehr hinken müſſe, wenn das Bein nicht zeitig eingerenkt werde. Und das Alles geschah mit solcher Gelenkigkeit und mit so drolligem Eifer, daß selbst der ernſte Meier kaum das Lachen verbeißen konnte.

Aber Karl wollte Nichts mit sich machen lassen. Kein Zureden, kein Bitten half!...

Endlich schlich Kristel sich unvermerkt zu ihm und flüsterte ihm Etwas in's Ohr. Das schien eine merkwürdige Wirkung auszuüben. Nach einigen Augenblicken forderte Karl selbst zu einem nochmaligen Versuche auf, biß die Zähne zusammen und gab nun keinen Laut mehr von sich, bis nach längerer Anstrengung der Wirbel laut klappend in die Pfanne schnappte.

„Hurrah," schrie Warmke, „dat war ein Kunststück!" Dabei sprang er jubelnd umher, und ging dann an's Verbinden der Wunden und Quetschungen.

Aber welche Zauberworte mochte der schlaue Kristel dem Leidenden zugeraunt haben? Sie rührten nicht von ihm selber her, obwol er sie nach eigenem Gutdünken zurecht gelegt hatte. Als er vorhin in der Küche gewesen war, um das Wasser zu holen, hatte ihm Elisabeth mit möglichst gleichgültiger Miene gesagt: „Kristel, most dem Karel orrentlich tauspreken, dat he Alles deit, wat de Warmke hebben wel!"

Kristel hatte das zugesagt; aber die Worte waren dann so zum Vorschein gekommen, als habe sich's um einen ausdrücklichen Wunsch und Auftrag Lißbeths gehandelt. Und einem solchen Wunsche gegenüber würde Karl noch mehr erduldet haben.

Karl war der Sohn eines armen Tagelöhners, der seit langen Jahren auf dem Meierhofe arbeitete und auch für seine Kinder dort früh Beschäftigung und Unterhalt gefunden hatte. Er war etwa sieben oder acht Jahre älter als Lisbeth und hatte das kleine blonde Mädchen, die meist ein rechter Wildfang war, schon früh zu hüten und zu beschirmen gehabt. Lisbeth vergalt das mit dankbarer Freundlichkeit. Auch als sie schon zur Jungfrau herangewachsen und Karl bereits zum Kleinknecht und dann zum Gefreiten emporgestiegen war, dauerte das gute Einvernehmen fort.

Lisbeth war nicht eigentlich schön, aber sie hatte ein gar anmuthiges Wesen, und aus ihren blauen Augen sprach Sanftmuth und schalkhafte Treuherzigkeit. Ihr Wuchs war so zierlich, daß man nicht begriff, wie sie die schweren Arbeiten verrichten konnte, mit welchen der strenge Vater sie nicht verschonte.

Karl, eine kräftige, stattliche Gestalt, schien ihren Bewegungen oft mit Bewunderung, oft auch mit Besorgniß zuzuschauen, und wo es unvermerkt geschehen konnte, kam er ihr sicher mit den eigenen Armen zu Hilfe. Anfangs war ihr das fast ehrenrührig gewesen; dann aber nahm sie solche Aufmerksamkeiten nicht ungern wahr, wenn sie sich auch den Schein gab, als merke sie dieselben nicht; und endlich konnte sie doch nicht unterlassen, dann und wann einen dankbaren Blick auf den bescheidenen Helfer zu werfen.

Niemals aber war unter ihnen von Zuneigung oder gar von „Leifhebben" die Rede gewesen. Karl hätte dergleichen gar nicht gewagt, und Lisbeth dachte nicht daran, daß sie über dergleichen reden könne. Erst heute, als Karl so bitterlich vom Wagen herabächzete und dann unter den Händen des Wundarztes so auf= schrie, erst da war es ihr warm und weh um's Herz geworden, so weh, als hätte sie die Schmerzen selbst zu erdulden gehabt. Und Karl empfand unter aller Pein ein glückliches Behagen, als er den Wunsch des freundlichen Mädchens erfuhr.

Die völlige Genesung Karl's dauerte ziemlich lange und Warmke empfahl die größeste Vorsicht. Söffker entbehrte den fleißigen, gewandten Arbeiter nicht wenig. Niemand machte ihm Alles so zu Dank, wie Karl; selbst der eigene Sohn nicht. Von Kindheit auf hatte sich der willige und begabte Knabe so ganz in seine Anschauungen und Eigenheiten hineingelebt, daß Alles, was Karl that, sich gerade so ausnahm, als hätte Söffker es selber vollbracht. Wenn Jener eine Hecke band, einen Korb ausbesserte, den Roggen „schockte" oder das Heu „hockte", so wußte der Meier meistens mit dem besten Willen keinen Fehler zu entdecken, während er bei Anderen, selbst bei dem tüchtigen Groß= knecht Konrad, nicht selten selbst „nachhelfen" mußte.

Söffker war nicht bloß ein tüchtiger, denkender Landwirth, er hatte auch sonst gar vielfache Kenntnisse und Fertigkeiten. „En echte Buer," pflegte er zu sagen, „mot van Allem Insicht hebben, wat taun'n richtigen Hûs- un Hofwesen hört!" Er hatte deshalb eine sehr reichhaltige Werkstätte, konnte schreinern, zimmern, böttchern, drechseln, Besen binden, Körbe flechten u. s. w.

Und Karl war ihm dabei stets zur Hand gewesen, hatte sich überall anstellig und lernbegierig erwiesen. Ganze Sonntagnachmittage brachte er in der Werkstätte zu und „klüterte" zu seinem eigenen Vergnügen. Der Herr bemerkte dies nicht nur mit Wohlgefallen, sondern suchte ihm auch durch Anweisung und Beispiel förderlich zu sein. So „iwrig"[1] und jähzornig Söffker oft sein konnte, so nachsichtig und geduldig war er, wenn er Fleiß und guten Willen sah. „Lât mi eis maken, Karel," pflegte er wol zu sagen, „süh, dat most du sau angripen!"

Auch Bücher zum Lesen gab er dem Zögling, wie er ihm überhaupt denselben Unterricht zugewandt hatte wie dem eigenen Sohne; aber „Lesebäuker" waren nicht einbegriffen. Er verstand darunter Romane und

---

[1] Ungeduldig-eifrig.

ähnliche Erzeugnisse, welche ihm der Leihbibliothekar der nächsten Stadt zur Winterszeit oft zusandte. „Dat is niks för junge Lüe!" meinte Söffker; „et sind tau vêl Schelmenstükke darin!"

Kein Wunder also, wenn der Herr das Wirken seines besten Dieners jetzt bald vermißte. „De Karel fehlt mi an allen Ekken und Kanten," klagte er seiner Frau.

Diese hörte das Lob des jungen Menschen nicht ungern; denn Karl war auch ihr Liebling.

Frau Söffker war eine fromme, fleißige, weich=herzige Frau, von der Einsicht und Tüchtigkeit ihres Mannes so felsenfest überzeugt, daß sie diesem gegen=über kaum einen eigenen Willen besaß, obwol sie sonst in Küche und Keller nicht minder entschieden herrschte und auf Ordnung hielt, wie jener in seinem Bereich. „Wat de leiwe Gott ösch schikket, dat möt wi hennemen," erwiderte sie tröstend und mit gefaltenen Händen, als ihr Mann sein Leidwesen ihr mittheilte.

„Ja, dat is jo wol wahr, Wischen" [1]) brummte der Gatte, „awer verdamt verdreitlig [2]) is't dog!"

Endlich konnte Karl wieder mit zugreifen. Nur

---

1) Luischen.
2) Verdrießlich.

beim Heben und Bücken sagte Warmke, müßte er sich
noch in Acht nehmen, „daß er sich nicht dreit und um=
rückt", was er wieder in ergötzlicher Beweglichkeit vor=
machte. Aber der gewohnte Gang der Dinge trat
wieder ein. Doch von langer Dauer war er nicht:
der schleswig=holsteinische Krieg brach aus, und Karl
ward einberufen.

Lisbeth sagte Nichts; allein dem Mutterauge ent=
ging nicht, wie sie erbleichte und sich leise davon schlich.

Welches Mutterherz ahnt nicht die Neigung ihres
Kindes? Und welches Mutterherz hätte sich in einem
solchen Falle nicht bekümmert in banger Sorge! Was
konnte daraus werden? Armes „Betchen!" Armes
Kind!

„Am besten wör't, hei keime gar nig wêr!"
dachte die besorgte Frau leise für sich hin. Doch gleich
darauf strafte sie sich. „Ne, dat is afscheulig! Gott
verzeih' mi de Sünne!" Damit ging sie an ihren
Schrank, zog ihre Sparpfennige hervor, wickelte ein
paar blanke Stücke sorgfältig in Papier und steckte sie
mit einem neuen Halstuche und einigen andern Klei=
nigkeiten Karln in die Tasche.

Auch Söffker beschenkte den Scheidenden und rief
ihm zu: „Ga met Gott, Karel! un kum gesund wêr!"
Hätte er dieselbe Ahnung gehabt, wie seine Frau, so

würde der Abschied wol anders ausgefallen sein; allein
dergleichen kam ihm nicht entfernt in den Sinn. Eine
Vollmeiers=Tochter und ein Tagelöhner=Sohn — an
so Etwas konnte ja gar kein vernünftiger Mensch nur
denken!

Und Lisbeth? Sie wollte den Scheidenden gar
nicht mehr sehen. Allein unvermerkt stand sie doch an
der Thür, als Karl hinausschritt und reichte ihm die
Hand: „Met Gott, Karel! ek bin di gaud un bliwe
't ôk!“

Mehr konnte sie nicht sagen.

Für Karl waren die wenigen Worte ein wahrer
Segensgruß auf den Weg. Hundert Mal, tausend
Mal wiederholte er sie, und dachte an den leisen Druck
der kalten Hand.

Karl war ein braves Herz. Auch als Soldat
that er seine Pflicht im vollsten Maße. Als sein Haupt=
mann dicht neben ihm zusammenfiel, trug er ihn aus
dem Gefecht und kehrte muthig in den Kampf zurück.
Aber bald traf auch ihn ein feindliches Geschoß.
Der linke Fuß war zerschmettert und mußte abgenom=
men werden; Karl war nun doch ein Krüppel.

„Ek bin di gaud un bliwe 't ôk,“ wiederholte
sich Karl. Aber galt dies Wort auch jetzt noch? Mit
wehmüthiger Innigkeit dachte er an das liebliche Mäd=

chen, was sie ihm beim Scheiden zugeflüstert hatte;
war sie der Worte gedenk? Er wagte nicht, es zu
hoffen. Und sicher wollte er sie nicht daran erinnern.

Die Nachricht von Karl's Unglück kam bald in
den Meierhof. Alle bedauerten ihn auf's innigste, und
Söffker erklärte, daß er ihn trotz des hölzernen Beines
im Dienst behalten werde.

Lisbeth erschrak heftig. Der stattliche Mensch
mit einem hölzernen Bein! Das war hart! allein ihre
Bedenken dauerten nicht lange; sie gelobte sich im
Stillen, daß sie den Unglücklichen nur um so lieber
haben wolle.

So kam der Herbst, die Zeit der Nachmaht heran.
Lisbeth wurde nach einer entfernten Wiese beordert,
um das Grummet zu wenden; gegen Abend sollte noch
Jemand nachkommen, um ihr beim Hocken zu helfen.
Das Mittagsessen und das Vesperbrod mußte sie mit=
nehmen. Es bestand in Butterbröden, einigen Aepfeln
und einem großen Henkeltopf mit Milch. Wohlge=
muth machte sie sich mit einer Forke und einer Harke
auf den Weg.

Die Wiese hatte früher zu einer großen Hutege=
meinheit gehört. Dann hatten die Berechtigten die ganze
Fläche getheilt und einträgliche Wiesen daraus her=
gestellt. Die einzelnen Theile waren nur durch kleine

Weidenbüsche geschieden. Nach Süden hin bildete eine
starke Hecke die Grenze. Hier hatte Söffker ein paar
Büsche hoch aufschießen lassen, um in den Ruhestunden
Schatten zu haben, und Karl hatte daraus im Vor-
jahre eine förmliche kleine Laube gebildet.

Hierher trug Elisabeth ihr Essen, streute das Heu
auseinander und setzte sich dann einige Zeit nieder, sich
mit Stricken unterhaltend, worauf dann ein Stück Heu
um's andere gewendet wurde.

Es war einer jener heiteren Herbsttage, die mit
stiller Innigkeit und unaussprechlichem Frieden auf den
Matten ruhen. Die Nachbarwiesen waren bereits ab-
geerntet, und die nackten Herbstzeitlosen sproßten schon
empor; ringsum lag das tiefste Schweigen. Nur ein
paar Zugvögel zirpten in der Hecke, und in der Ferne
tönten die Glocken einiger weidenden Kühe.

Lisbeth ließ das Strickzeug in den Schoß sinken
und blickte sinnend in die Weite. Wohin ihre Gedanken wanderten, braucht nicht erst gesagt zu werden.

————

Karl war geheilt und ehrenvoll verabschiedet worden. Mit einem hölzernen Fuße am Bein, mit einem
blanken Ehrenzeichen auf der Brust und mit der An-

wartschaft auf einen passenden Civildienst in der Tasche,
zog er der Heimath zu. Den letzten Theil der Reise
machte er zu Fuße. Sein Weg führte eine kleine
Viertelstunde weit an der erwähnten Wiese des Meier=
hofes vorbei.

Obwol ihm das Gehen beschwerlich fiel, konnte
er sich's doch nicht versagen, den Umweg dorthin zu
machen, und zwar um so mehr, als er bald entdeckte,
daß dort noch das Nachheu in der Sonne lag.

Man kann sich die freudige Ueberraschung des
jungen Mädchens denken, als plötzlich der Mann, mit
dem sich ihre Gedanken noch eben beschäftigt hatten,
erröthend vor ihr stand.

„Karel! Lisbeth!" riefen beide, wie aus einem
Munde. Dann standen beide verschämt und sahen
sich schweigend an. Aber nur Sekunden lang; Lisbeth
konnte nicht anders, sie flog ihm an den Hals und
küßte ihn herzhaft auf den Mund, zum ersten und viel=
leicht — zum einzigen Male im Leben. —

Dann holte sie Heu herbei und bereitete ihm einen
bequemen Sitz und vergaß, während er erzählte, fast
ganz die Pflicht und die Stunde des Heuwendens —
auch wol zum ersten Male im Leben.

Karl wollte helfen, aber das gab sie nicht zu:
„ek hebbe jo ök man eine Harke!" rief sie lachend.

„Den wil ek ünnerdessen na'n Born gan un drinken," erklärte Karl.

„Ja, dat kan di niks helpen," erwiderte sie, „de is ûtedröget ¹). Awer teuf! ek hebbe nog Melk! wek en Glükke!"

Allein darauf wollte nun Karl nicht eingehen; „ek were di dog de Melk nig vör'm Munne wegeten!" rief er.

„Ek wol ja dog nig mêr eten," versicherte sie; aber das konnte und durfte Karl nicht glauben. Endlich machte Elisabeth den Vorschlag, gemeinsam zu essen, d. h. eins um's andere; denn sie hatten ja nur einen Löffel. „Ja," erwiderte Karl, „dat geit, un ek gewe ôk wat dartau, dat Brôt tau't Inplokken" ²).

„Richtig, Karel, gif her! den geit et asse bi't Mauseten: eis Einen un eis Neinen! weist nog?"

Beide lachten von Herzen, und dann begann der wechselnde Löffelgang. Erst nahm Lisbeth einen Mund voll, dann Karl, und so reihenm. Gar bald aber ließ sich Karl durch den bittenden Blick Lisbeth's bewegen, allein fort zu essen, und diese schaute glückselig zu, wie der ermüdete Freund sich labte und erquickte.

_____
¹) Ausgetrocknet.
²) Einbrocken.

Da erscholl ein Geräusch in der Hecke. „Velligt de Vader!" rief Lisbeth schnell gefaßt.

„Ne, ek man!" lachte Kristel; „na, ek bringe ôk mîn Deil, Appel un Zwetschen, nu etet! Eis Einen un eis Neinen!" Dabei schüttelte er seine Taschen aus, und fing dann lustig an zu wenden, so, daß die bei=den fort plaudern konnten.

Dann wurde gehockt und langsam heimgewandert. Karl ward von allen Seiten auf's freundlichste begrüßt. Er dachte eigentlich nur einen kurzen Besuch zu machen; aber Söffker erklärte entschieden, daß von Fortgehen nicht die Rede sein könne. „Wi sind froh, dat wi di wêr hebbet," sagte er offen, „un ek vör Allen!"

Karl ließ sich nur zu gern halten und Elisabeth war glücklich.

Allein die Mutter sah bekümmert darein. Wohin konnte das Alles führen? Wenn Söffker den leisesten Verdacht schöpfte, so waren die furchtbarsten Auftritte zu besorgen. Und dann das Herz ihres armen Kin=des . . . .

Nach manchen sorgenvollen Stunden faßte sie den Entschluß, offen mit Karl zu reden, sobald sich eine passende Gelegenheit finde.

Diese kam bald. Karl erhielt von seinem frühe=

ren Hauptmanne, der große Stücke auf ihn hielt und
sich fortwährend für ihn bemüht hatte, die Nachricht,
daß er die Wahl zwischen zwei Stellen habe, zwischen
einem Schreiberposten und einer Bahnwärterstelle.
Die letzte liege zwar etwas einsam, werde aber sicher
Karln am besten zusagen; denn da sei er in freier
Gotteswelt und nicht im Dunste der Schreibstube.

Söffker wollte von dergleichen überhaupt Nichts
hören. Seine Frau aber erkannte in dem Anerbieten
einen Wink des Himmels. Sie nahm Karln unvermerkt bei Seite, zeigte ihm mit thränenden Augen ihr
Vertrauen und ihr Wohlwollen, sagte ihm, daß sie
längst erkannt habe, wie es in seinem Herzen und im
Herzen Elisabeth's stehe, und gab dann zu bedenken,
was aus der Sache werden solle; wenn sie selbst sich
auch entschließen könne, ihn als Schwiegersohn anzunehmen, ihr Mann werde sich dazu niemals verstehen;
sie wage gar nicht einmal, mit ihm darüber zu sprechen,
das würde zu dem furchtbarsten Auftritt Anlaß geben.

Karl mußte das einsehen und war tief erschüttert.
Er versprach, ganz zu handeln, wie Frau Söffker es
für gut finden möge.

So ward verabredet, daß Mann und Tochter
Nichts erfahren sollten, und daß Karl sobald als
möglich den Bahnwärterposten übernehmen wollte.

Sofort wurde das nöthige Schreiben abgesandt, und erst, als Alles feststand, erhielt der Meier Nachricht von Karl's Schritten.

Er war sehr aufgebracht. Indeß mußte er doch zugeben, daß es rathsam sei, die Stelle anzunehmen, da Karl zu den meisten anstrengenden Arbeiten sich außer Stande fühlte.

Karl hielt sein Versprechen und sagte Niemandem Etwas von seiner Unterredung mit Frau Söffker; aber zur Abreise ohne ein Abschiedswort an Elisabeth hielt er sich nicht für verpflichtet.

„Sau lange Athem in miner Bost is, Lisbeth," sagte er ihr leise, „sau lange vergete ek di nig!"

„Ek di ôk nig, Karel!" erwiderte Elisabeth und verbarg sich schluchzend in ihrer Kammer.

Man darf aber nicht glauben, daß nun ein blasses Hinseufzen und Hinschwinden bei ihr gefolgt wäre; dergleichen kommt unter den Landleuten selten oder niemals vor; die stündlichen Mühen und Arbeiten und der tägliche Verkehr in der freien Gotteswelt lassen das nicht zu. Elisabeth blieb gesund und frisch; sie aß und trank und schlief wie früher; wenn aber die Freiwerber kamen, Georg Meier, Wolf Lehmann, und wie sie alle hießen, da hatte sie schnell ein kurzes entschiedenes „Nein" zur Hand.

Auch Karl gab sich keinem düsteren Hinbrüten hin. Es war ihm nicht unangenehm, daß ihm einsame Tage bevorstanden; er trat entschlossen in seine neuen Dienst= pflichten ein, und war sofort bestrebt, sich auch in den Zwischenräumen der Dienstleistungen nützlich zu be= schäftigen und sich möglichst gut einzurichten.

Sein Wärterposten befand sich vor einem Walde, fast nach allen Richtungen hin eine volle halbe Stunde von Wohnplätzen entfernt. Die Bahnverwaltung war deshalb sofort darauf bedacht gewesen, das Wärter= häuschen zur Wohnung für eine kleine Familie einzu= richten. An Raum fehlte es also dem neuen Ankömm= ling nicht. Anfangs hegte er den Plan, eine unver= heirathete Schwester zu sich zu nehmen; allein eine an= dauernde Kränklichkeit seines alten Vaters machte dies unausführbar. So beschloß er, selbst seinen kleinen Haushalt einzurichten und zu führen. Er machte die nöthigen Einkäufe, schaffte eine Ziege und einige Hüh= ner an, für welche die Raine und Böschungen in der Nähe leicht das nöthige Futter gewährten; dann legte er einen Bienenstand an, bepflanzte sein Häuschen mit Epheu und Weinreben, schuf eine kleine Wüstung zu zu einem Blumen= und Küchengärtchen um, kurz, fühlte sich bald so befriedigt und behaglich, wie möglich.

Besonderes Vergnügen hatte er an einem kleinen

Wärtergehilfen, nämlich an einem Hunde, der eines
Tages grausam aus einem Eisenbahnzuge geworfen
worden war und sich unendlich dankbar und treu dem
neuen Herrn anschloß. Karl hätte sich getrost schlafen
legen können, Phylax würde ihn vor jedem ankom=
menden Zuge zeitig geweckt haben. Auch die Ziege,
Fanny genannt, wurde so „berbe"[1] und anhänglich
wie ein Hund; sie schloß mit Phylax und sogar mit
dem Hahn Freundschaft und neckte sich mit beiden in
drolligster Weise.

So schuf sich unser Einsiedler in kurzer Zeit ein
förmliches kleines Eden, dem Nichts als eine „Gehilfin"
fehlte. Die fehlte aber auch wirklich, und weder Phy=
lax, noch Fanny, noch eine Stieglitz= und Kanarienvogel=
hecke konnten dafür dauernd Ersatz bieten. Gar oft,
wenn Abends oder Nachts ein Zug vorüberbrauste,
flogen auch seine Gedanken in die Ferne, weit hinaus,
bis sie in dem Meiergehöft oder in der kühlen Wiesen=
laube Rast machten.

Aber auch Söffker dachte gar oft an den tüchtigen
Knecht. Karl fehlte ihm tagtäglich und mehr als ein
Mal sprach er mit seiner Frau darüber, ob es nicht
möglich sei, denselben zurückkommen zu lassen.

---

[1] Fromm, zahm, gutmüthig.

Frau Luise fühlte sich daher endlich veranlaßt, den Gatten von der Lage der Dinge zu unterrichten. Erstaunt und sprachlos hörte dieser ihr zu. Es war ihm eigentlich ein bitteres Gefühl, daß ihm die Frau so still und entschlossen in's Regiment eingegriffen hatte; bei näherer Ueberlegung mußte er aber doch gestehen, daß sein gutes Wischen sehr klug gehandelt hatte; denn wenn „dem unverschämten Bengel" auch eine tüchtige Lehre gebührt hätte, so wäre damit doch Nichts gebessert worden.

„Et is Tid," sagte er endlich, „dat 't Meike [1]) en orrentligen Kêrl krigt! Wen de Wulf Lehmann..."

„O jo nig, jo nig!" unterbrach ihn die Frau, „weinigstens nog nig! Betchen friët nu nig; un twingen wil wi 't dog wol nig."

„Twingen just nig ... awer ... Na, et het jo ôk nog neine Ile![2])

Und dann ereigneten sich auch sonstige Dinge, welche den Gedanken des Meiers eine andere Richtung gaben. Frau Luise hatte gar oft Veranlassung an geduldige Hinnahme der Schickungen Gottes zu erinnern und zu mahnen.

Zunächst machte der Neffe dem alten Herrn zu

---

1) Mädchen.
2) Keine Eile.

schaffen. Es waren gerade keine Schlechtigkeiten, welche
der aufgeweckte Junge verübte; aber jeden Augenblick
kam ein Schabernack, eine Nachläſſigkeit, eine Unord=
nung zum Vorſchein, welche den peinlich genauen und
pünktlichen Meier zur Verzweiflung brachten. Ein Mal
hatte er einem Pferde den halben Schwanz wegge=
ſchnitten, um ſich aus den Haaren eine Armbruſtſehne
zu drehen.

„Ja, segg' eis, Kunrad," rief Söffer dem Groß=
knecht zu, als dieſer die Verſtümmelung anzeigte, „wat
fenge wi met dem Bengel an?"

„Here," erwiderte Konrad, „wenn ek recht mine
Meinung seggen schal, sau dögt[1] de Kristel höch-
stens tau'n Schaulmester oder'n Pestôr; en regelêr
Buër sit er nig inne!"[2]

Und die Anſicht war ſo dumm nicht; ſie ging
ſogar in Erfüllung.

„Herr Söffer," ſagte eines Tages der Paſtor
Weſtphal, „den Chriſtian müſſen Sie nicht ſo eng ein=
ſchnüren! der muß ſich bewegen können! Sehen Sie,
ſo!" Dabei ſchlug er mit Händen und Füßen in der
Luft umher, um ſein Wohlbehagen in den eben ange=

---

[1] Taugt.
[2] Sitzt nicht drin.

zogenen, neuen, sackweiten Hosen und Jacken zu zeigen,
weil er fortwährend fürchtete, daß er in engen Klei=
dungsstücken nicht gedeihen könne, sondern ersticken
müsse.

Söffker lachte und ließ sich bereden. Christian
bekam weitern Unterricht und ward schließlich ein tüch=
tiger Lehrer.

Nun aber bekümmerte der Großknecht selbst den
Herrn, und zwar dadurch, daß er seine zwanzig Dienst=
jahre nicht noch weiter ausdehnen wollte.

Konrad war ein treuer, tüchtiger Knecht; Nichts
weiter. Aber Söffker mißte ihn doch höchst ungern,
und schalt auf den alten Wulf, der ihm eine „passende
Partie" ausgemacht hatte. „Et deit mi léd, Here,"
sagte Konrad treuherzig; „awer Se wêrd mi dat nig
veröweln! et is för mine olen Dage dog wol beter,
dat ek mi verännere"[1].

Der härteste Schlag traf den alten Mann in sei=
nem eigenen, einzigen Sohne: Ferdinand bekam plötz=
lich eine Lungenentzündung und war in wenigen Tagen
eine Leiche.

Söffker war wie zerschmettert; der eisenfeste Mann
weinte wie ein Kind und war geraume Zeit zu keiner

---

[1] verändere, d. h. verheirathe.

Thätigkeit im Stande. Die weiche Frau Luise mußte Alles besorgen, und als der Leichenwagen vom Hofe fuhr, hauchte sie mit bebenden Lippen: „Was Gott thut, das ist wohlgethan!"

Erst nach langer Zeit raffte sich Söffker etwas wieder auf; allein die alte Spannkraft schien gänzlich dahin zu sein; es war, als habe er alle Lust an seinen zahlreichen Schöpfungen verloren. Für wen hatte er nun gearbeitet? so grollte es in ihm. Stunden lang saß er gebückt im Lehnstuhle und starrte schweigend vor sich hin.

Natürlich kamen dabei die Geschäfte in Unordnung. So viele Mühe sich Elisabeth und ihre Mutter auch gaben, Alles im gehörigen Gang zu erhalten, sie konnten das um so weniger erreichen, als die meisten Leute Neulinge waren und des Hauses und Hofes Brauch noch nicht kannten. Wenn Söffker sich wirklich einmal aufraffte und hinaustrat, so begegneten ihm überall Unordentlichkeiten und Verkehrtheiten und grollend und fluchend kehrte er auf seinen Sitz zurück.

Auch Nachts hatte er keine Ruhe. Schlaflos warf er sich von einer Seite auf die andere, und die Gattin hörte ihn oftmals laut reden. Gewöhnlich endeten alle seine Verwünschungen und Betrachtungen in dem halblauten Rufe: „Ja, wen Karel hir wöre!"

Aber sollte es denn nicht möglich sein, diesen zur
Rückkehr zu bewegen? Freilich die dummen Gedanken
müßte er sich aus dem Kopfe schlagen! ... So etwa
lauteten des Meiers Betrachtungen.

Söffker war so sehr und so lange gewöhnt gewe=
sen, alle seine Leute und fast das ganze Dorf nach
seinem alleinigen Willen zu lenken, daß er auch jetzt
allmälig sich einredete, es werde gelingen, Karl seinen
Wünschen geneigt zu machen. „Ek wil't weinigstens
verseuken," beschloß er, und der Entschluß gab ihm
Ruhe, und zum ersten Mal seit langen Wochen schlief
er fest und sanft bis in den hellen Tag hinein.

Frau Luise war nicht wenig erstaunt, als der
Gatte ihr am Morgen den Entschluß ankündigte, so=
fort zu verreisen. Es handele sich um ein Korngeschäft,
sagte er; es könne wohl einige Tage dauern; man
möge sich deshalb über sein etwaiges Ausbleiben nicht
ängstigen.

Karl hatte eben sein Mittagsmahl beendet und saß
mit Phylax und Fanny vor der Thür seines Häus=
chens. Beide bemühten sich, ihm ihre Zuneigung zu
erkennen zu geben und auch der Hahn erhob seine
Stimme, um sich bemerkbar zu machen.

Da witterte Phylax das Herannahen eines Frem=
den und schlug an. Karl erhob sich und schaute aus;

bald gewahrte er einen herankommenden Landmann, und mit Erstaunen erkannte er aus Haltung und Gang, daß es Niemand anders sein könne, als sein alter Herr. Er humpelte ihm entgegen, streckte freudig beide Hände aus, während Phylax rechts und Fanny links neben ihm her schritten, und rief: „Ji, Here? wilkomen, wilkomen! na dat is recht, dat ji mi eis beseuket."

„Ja, Karel, ek mot dog eis seihn, wo 't mit di steit . . . Na, sau vêl seih ek al, dat du dine Saken in Stanne hest! Ne, wat dat alle hübsch und akkrat is! Brâv mîn Junge, brâv!"

Dabei betrachtete er ein Stück nach dem andern, während ihm Fanny die Nase in die Hand steckte und Phylax jauchzend emporsprang, als wollte er sagen: Nicht wahr, es ist herrlich bei uns!

„Bi ösch süht dat nig sau ut asse wolehr," fuhr Söffker seufzend fort; „Karel, du most wêr komen, min Junge, süs deit dat nein gaud!"

Karl sah in das Antlitz des alten Mannes und bemerkte nun erst, wie schwer das letzte Schicksal ihn mitgenommen hatte. Er fühlte das tiefste Mitleiden und schickte sich eben an, so mild wie möglich eine ablehnende Antwort zu geben, als Söffker ihm in's Wort fiel.

„Ek weit Alles, Karel! et was brâv un recht-
schaffen van di, dat du minen Kinne ut dem Wege
güngest. Awer dat is jo nu wol vörbi ... De Dôr-
heiten sind jo nu ûte ... Kum wêr, Karel, dat
Wiere wel sek wol finnen."

„Verlöwet[1]), Here," erwiderte Karl, „dat ek mi
klâr ûtspreke! dat is wol för ösch alle dat beste.
Ek hebbe Lisbeth leif un frie neine annere; un ek
löwe, dat et mit Lisbeth eben sau steit. Nu is
Lisbeth de rikste Erbin in'n Dörpe un ek bin 'n
arm Krüppel; dar wel 't wol am besten sîn, dat
wi wît van einanner bliwet! Meine ji nig ôk,
Here?"

Söffker konnte das nicht bestreiten, und wollte doch
auch den Versuch noch nicht aufgeben. Aber Karl
blieb standhaft und so trennten sie sich endlich, der
eine betrübt, der andere unwillig, doch beide nicht un=
freundlich.

Auf dem Meierhofe gingen die Dinge nun so fort.
Die Unordnungen nahmen zu; die Leute thaten mehr,
was sie wollten, als was sie sollten. Söffker saß wie=
der grollend und grübelnd im Lehnstuhle und war auf
Alle und Alles um so ungehaltener, als er von einem

---

[1]) Erlaubt.

heftigen Gichtanfalle gepeinigt wurde und Tag und
Nacht keine Ruhe fand. Das durfte nicht so weiter
gehen; das ward ihm endlich klar. Aber wie es
ändern?

Eines Morgens war Frau Luise in's Dorf gegan=
gen und Lisbeth schaffte in der Küche.

Was wol die Leute sagen würden, meinte Söffker
in seinem Sinn, wenn er dem Karl seine Tochter
gäbe . . . „Awer Donnerwêr, latet se na'n Düwel
kören! kan ek nig daun, wat ek wil? . . . Un den,
wen ek 't nig taugewe, sau friet se sek, wenn ek
dode bin . . . Da kan 't dog leiwer glik lôsgân!
dar hebbe 'k dog nog en Dank daför . . . un wekke
Bate ¹)!

Lîsbeth! Lîsbeth!" rief er auf ein Mal so laut
und so hastig, als fürchte er, daß ihm der Gedanke
wieder leid werden könne . . . „Lîsbeth kum eis!
Kind, kanst du schwigen?"

„Ja Vader," erwiderte das herbeieilende Mädchen
erstaunt.

„Höre, Lîsbeth, wi wilt der Mutter en Streich
spelen; sei un Karel hebbet domals en Geheimniss
had, nu wil wi beiden ôk eint hebben. Awer

---

¹) Hilfe, Nutzen.

reinen Mund! In veir Weken schal dine Hochtîd sîn.“

„Gerechter God, Vader, wat schal dat bedüen?“
rief Elijabeth todtenbleich.

„Na,“ lachte der Alte, „si man nig bange, Betchen! De Brögam schal jo Karel sîn un mit dem
bist du dog wol taufrêe!“

„O Vader, sîd nig sau grausam!“

„Ne, min Kind, et is mîn Ernst! Nu flink!
Schrîf an Karel, dat he sek fri maket un her-
kumt, in veir Weken schal de Hochtîd sîn, un de
Mutter schal nig ehr wat erfaren, bet ji upbaën[1])
wêrd.“

Lisbeth wußte nicht, was sie sagen sollte.

„Ja, Vader, is 't den wirklig juë Ernst?“

„Ja, Betchen, ja dog! awer nu flink den
Brcif!“

Elisabeth flog und sprang und lachte und weinte
und fiel ihrem Vater um den Hals und konnte kein
Papier finden und warf das Dintenfaß um ... Aber
endlich ward der Brief doch fertig — es war der
erste, den sie an Karl schrieb — und Söffler machte

---

[1]) Aufgeboten.

dazu den eigenhändigen Nachsatz: „Es is mich Ernst mit die Sake, in vierzehn Tagen bist Du hier!"

Karl kam pünktlich, das Aufgebot ward bestellt, und nun erst erfuhr Frau Luise die Lage der Dinge. Wie freute sie sich! wie gern verzieh sie „den ihr ge= spielten Streich!" wie warm war ihr Segen!

Jetzt begann auf dem Meierhofe ein neues Leben, aber ein Leben im alten Sinn. In wenigen Wochen hatte jede Unordnung ein Ende, die Bindfaden, die Nägel, die Werkzeuge, Alles befand sich wieder am gehörigen Platze, die Arbeiten gingen wieder pünktlich von statten, die Ställe waren gereinigt, die Böden ge= lüftet, die Hecken gebunden, die Bewässerungen geregelt; denn Karl war überall selbst und auch Söffker lebte wieder auf und konnte persönlich ab= und zugehen. Er behielt scheinbar das Regiment; allein Karl war die Seele von Allem und Söffker freute sich des neuen Segens, der überall zu Tage trat.

Und nach Jahresfrist machte ihm Elisabeth eine ganz besondere Freude. Als er eines Morgens zu ihr in die Kammer gehen durfte, hielt sie ihm einen präch= tigen Jungen entgegen, der gar bald sein Augapfel wurde.

Wenn er jetzt vom Zipperlein im Lehnstuhl fest gehalten wurde, rückte Betchen die Wiege nahe an ihn

heran. In der Linken hielt er dann sein „Lesebauk",
mit der Rechten wiegte er den Enkel; und am Ende
pflegte er regelmäßig zu versichern: „Et sind tau vel
Schlechtigkeiten un Schelmenstükke darin, Lîschen,
et is Niks för junge Lüe!"

II.

Die Fahrt zum Freischießen.

Die Fahrt zum Freischießen.

Die Ruhe eines sonnigen Pfingstmorgens lag über dem Gehöft einer kleinen Mühle, das mühsam einer ausgedehnten Wüstung zwischen den Feldmarken mehrerer Dörfer abgewonnen war. Das Mühlrad stand des Festes wegen still. Desto emsiger flogen ein paar gelbe Bachstelzen ab und zu, die dicht neben dem Wasserrade in einer kleinen Mauerhöhlung ihr Nest angebracht hatten und nun auf's eifrigste beschäftigt waren, die fleißig geöffneten Schnäbel ihrer Jungen zu füllen. Auch die zahlreichen Völkchen eines nahen Bienenstandes ließen sich durch das Fest nicht abhalten, mit fröhlichem Gesumme Honig und Blüthenstaub einzubringen.

Dem Bienengarten zugewandt, am offenen Fenster einer sorgsam gekehrten, mit schneeweißem Sand bestreuten und mit heiteren Maien geschmückten Stube, saß eine stattliche Frau von etwa dreißig Jahren und

las ein Gesangbuchslied, das auf das heilige Pfingst=
fest Bezug hatte. Nachdem Haus und Küche beschickt
waren und die Uebrigen sich zur Kirche begeben hatten,
die fast eine Stunde entfernt lag, hielt sie selbst ihre
stille Hausandacht ab, indem sie von Zeit zu Zeit einen
glücklichen Blick auf ein rosiges Kind warf, das von
einem flachsköpfigen Knaben gewiegt wurde.

Der Kleine hielt ebenfalls ein Gesangbuch in der
Hand, und merkte am leisen Geflüster der Mutter, daß
sie gerade dasselbe Lied las, welches er als Ferien=
aufgabe auswendig zu lernen hatte. Er wollte eben
darüber eine Bemerkung machen, als der Kettenhund an=
schlug und das Herannahen eines Fremden verkündigte.

Fritz, süh eis tau[1]), wer da is! sagte die Frau
und legte ihr Buch zur Seite.

Fritz sprang davon und kehrte bald mit einem
Briefe zurück, den ein zwei Meilen entfernt wohnender
Neffe des Hausherrn schickte. Der Bote kam hinter=
her. Er war lediglich zur Ueberbringung dieses
Schreibens abgesandt worden; denn ein Briefverkehr
durch die Post fand in jener Zeit, zu Anfang der
zwanziger Jahre, unter Landleuten in derartigen Ver=
hältnissen fast gar nicht Statt. Das Porto und die

---

[1]) Sieh mal zu.

Beſtellgebühren waren meiſt ſo hoch, daß man auch einen beſonderen Boten dafür dingen konnte, und dann war man doch wenigſtens ſicher, daß der Brief zeitig an's Ziel gelangte, während Poſtſendungen nicht ſelten eine volle Woche und länger unterwegs blieben.

Dabei gewährten die Boten auch noch ſonſtige Vortheile und Annehmlichkeiten: ſie konnten namentlich den Briefinhalt mündlich ergänzen, was für die langſamen und ſchwerfälligen Schreiber oft von großer Bedeutung war.

Unſer Bote wußte neben den vielen Grüßen und Aufträgen, welche er auszurichten hatte, noch wahre Wunderdinge von den Vorbereitungen zu erzählen, die zur Abhaltung eines großen Freiſchießens gemacht würden und woran die Gevattern und Gevettern von weit und breit Theil nehmen ſollten.

I, dat is jo prächtig! rief die Frau; Fritz, make den Breif man up un kik eis tau, wat'r inne steit[1])!

Fritz ließ ſich das nicht zwei Mal ſagen und las ungefähr wie folgt:

„Mein lieber Chriſtian-Vetter! Ich wollte Euch zu wiſſen thun, daß wir noch alle munter ſind und Ihr hoffentlich auch, und daß wir übermorgen Frei=

---

[1]) Mache den Brief nur auf und ſieh' mal zu, was drin ſteht.

schießen haben und ihr alle dabei sein müßt, aber unser Perdevieh den Berg nicht gewohnt ist und nicht aufhalten kann wegen Hintergeschirrs, daß ihr also selbsten das abmachen müßt, aber an der hiesigen Seite und dieser Halbe¹) bei dem großen Schlagbaum sol unser kleiner Wagen halten, da könnt Ihr plesier= lich und kammodig weiterfahren, und nicht zu vergessen der Fritz mus pardutemente auch dabei sein, sonst weren de Derens²) falsch . . ."

Juchhe! rief Fritz und sprang singend umher, ek kome ôk mê' . . .

Jubelire man nig⁻tau freu!³) mahnte die Mutter, ek löwe⁴) nig, dat de Vatter dat taugift. Awer les man erst wier!

„Und nich zu vergesen, viele echte Tennenlepels und ein Klehrschapp⁵) und zwei Kälwer weren auch ausgeschosen und da müßt ihr auch dazu gehören und de neie Flinte mebringen, und von wegen des Brannt= weins, da wollt ich bitten . . ."

---

¹) Der plattdeutsche Ausdruck für Seite.
²) Die Dirnen, Mädchen, nämlich die Schwestern des Brief= schreibers.
³) Nicht zu früh.
⁴) Glaube.
⁵) Zinnerne Löffel und ein Kleiderschrank.

O et is gaud, Fritz, unterbrach haftig die Frau ihren Knaben, und warf einen vorsichtigen Blick auf den Boten, den Brief an sich nehmend, ek weit al, wat dar nog kumt; awer ek löwe nig, dat de Vatter darup ingeit[1]). Wi könt ösch dat man ût'm Koppe slân.[2])

Dabei stand sie auf, gab dem Boten unter allerlei Fragen über dies und das zu essen und zu trinken und überlegte dann, was zu thun sei, nicht um sich die Sache „aus dem Kopfe zu schlagen", sondern um ihren gestrengen Eheherrn zur Annahme der Einladung zu bewegen. Sie wollte doch gar gern ihrem lieben Fritz die Freude gönnen. Und dann auch fand sie selber noch große Lust an Spiel und Tanz.

Und ein ganz besonderer Reiz lag für sie noch in dem Umstande, daß der Briefschreiber in einer ver= traulichen Nachschrift die Fürsprache der „Frau Wase" für einen Schatz in Anspruch nahm, von dem der Vater nichts wissen wolle. Das Mädchen sei aber brav und werde der „Frau Wase" gewiß gefallen.

Das Hauptbedenken gegen die gemeinsame Wan= derung bestand darin, daß die Mühle einsam gelegen

---

[1]) Darauf eingeht.
[2]) Wir können uns das nur aus dem Kopfe schlagen.

war und daher mit Rücksicht auf eine Unzahl von Bettlern und Landstreichern, die damals umher= schwärmten, leicht allerlei Unbilden zu besorgen stan= den. Man hatte nur einen einzigen Nachbar, einen Schuhmacher, und dieser arbeitete mit einem Gesellen und einem Stiefsohne meist auswärts, gewöhnlich erst spät Abends heimkehrend. Dennoch gründete sich die Hoffnung der tanzlustigen Frau, an dem fernen Ver= gnügen Theil nehmen zu können, auf diese Nachbars= leute: am zweiten und dritten Festtage, meinte sie, bliebe wol der Schuhmacher auf alle Fälle zu Hause, und im Uebrigen werde sich eine genügende Verstän= digung auch schon erzielen lassen.

Sie begab sich daher ohne Aufschub in das kleine Nachbarhaus, um noch vor der Heimkehr der Kirchen= gänger zu versuchen, was zu erreichen sei. Indessen traf sie nur die Nachbarin zu Hause. Diese aber war in bester Laune: sie hatte einen großen Kuchen vor sich und aß tapfer darauf los.

Als die Müllersfrau eintrat, wurde sie ein wenig verlegen, rief dann aber auflachend: Ja, ek mak't binahe asse de ole Fokk'sche: Wen ek't schmekke sau schmekk' ek't dögend.[1]

Es ging nämlich die Sage von einer alten braven, aber wunderlichen Frau jenes Namens, die alle Jahre ein Mal herrlich und in Freuden lebte und hernach sich lange Zeit auf's dürftigste behelfen mußte. Wenn sie im Herbst ihr aufgefüttertes Schweinchen schlachtete, hing sie sämmtliche Würste u. s. w. über ihrem Bette auf und aß dann Tag und Nacht darauf los, was das Zeug halten wollte. Als sie einst bei einem solchen Schmause betroffen und auf die spätere Noth hinge= wiesen wurde, sprach sie gelassen: Wen ek't schmekke sau schmekk' ek't dögend! Mot ek den ôk en Tid lang krum liggen, sau weit ek dog, dat ek't ein Mal orrentlig schmekket hebbe.

Dat is eigentlig sau dum nig, meinte die Schusters= frau; allenhand[1]) mak' ek't en beten na; denn wat'n in Liwe het, is am sekersten upbewahrt[2]).

Wat ek seggen wolle, Nawersche[3]), sagte die Müllerin nach einer Weile, schöll't wol[4]) angân, dat ôr Man oder de Geselle Hinnerk en par Nächte in usen Huse schleipe? ek woll' gêren mê' n'at

---

[1]) Zuweilen.
[2]) Was man im Leibe hat, ist am sichersten aufbewahrt.
[3]) Was ich sagen wollte, Nachbarin.
[4]) Sollte es wol.

Frischeiten, un da kön wi wol des Abends nig mêr trügge komen.

I, worüm schöll' dat nig angân könen, ant= wortete die Schustersfrau mitten im besten Genusse und darum in rosigster Laune; morgen is niks te daun, un awermorgen weret de Kêrls ôk wol nog blauen Mandag oder Dingsdag maken . . . Awer nu wil ek man eis sau dum kören, plegt use Vader[1] te seggen, nu wil 'k man eis sau dum taufragen, wo blift den de lütje Kristel? Wegen wil' k'n jo wol, awer 'n Titte kan ek'n dog nig gewen! . . .

Ne, erwiberte die Müllerin lachend, ne, dat schöll wol nig gaud gân; awer dat maket nig, den lütjen Jungen nehme ek mêe.

Na, wen dat is, den man tau! Ek wil glik mit den Kerels kören, saudrâc[2] asse se van der Kerken trügge sind, un dan krige ji up'r Stêe˙ Naricht . . .

Als die Kirchengänger herannahten, nahm die Müllerin ihren kleinen Kristel auf den Arm und ging dem Gatten eine Strecke entgegen. Das Büblein

---

[1] Vader, die gewöhnliche plattdeutsche Form jener Zeit für „Vater"; Vâr der ältere Ausdruck, bei alten Leuten noch gebräuchlich, in manchen Orten, auch auf Helgoland, allein üblich; Vatter, das neuere, gleichsam vornehmere Wort.
[2] Sobald.

lachte und jubelte vor Behagen, als es den Vater er=
blickte und dieser den „Schelm" liebkosend auf die
Arme nahm und ihn tänzeln lassend neben der glück=
lichen Mutter herschritt. Auch Fritz sprang herzu und
erzählte, daß jetzt in dem Lerchenneste, das er jüngst
in einer Ackerfurche entdeckt hatte, vier Junge seien.
Der Vater gab seine Freude darüber zu erkennen
und ließ dann das Kind weiter tänzeln, indem er,
wie er in besonders guter Stimmung wol zu thun
pflegte, ein Lied dazu summte:

> Wi wören in 'r Kerken, da örgel'[1]) de Köster;
> Wi wören in 'n Holte, da blaus eis de Föster:
> O, wo dat klung!
> O, wo dat gung!
> O, wo dat klung,
>   Min Jung, min Jung!
> Un up 'r Kermis wurd danzet und sprungen,
> Un up 'r Hochtid van Olen un Jungen:
> O, wo dat sprung!
> O, wo dat gung!
> O, wo dat sprung,
>   Min Jung, min Jung!

Bei jedem Schluß ward der Kleine hoch empor=
geschnellt, was er mit kreischendem Wohlgefallen auf=
nahm.

Ein besserer Augenblick, meinte die lebenslustige

---

[1]) Orgelte.

Frau, werde sich für die Anbringung ihres Wunsches nicht leicht finden. Sie erzählte daher lächelnd, was sich begeben und was sie bereits mit der Nachbarin verhandelt hatte, und Fritz unterließ nicht, nachdrücklich hervorzuheben, daß er ganz besonders dringend eingeladen worden sei.

Allein der Vater machte keineswegs ein so gewährungsfreundliches Gesicht, als Mutter und Sohn es wünschten. Das sei dumm, brummte er, daß man das Ausschießen der Löffel und Kälber mit dem Freischießen verbunden habe; an diesem liege ihm gar Nichts; im Gegentheil, sei ihm der Lärm zuwider; aber freilich einige Gewinne möchte er schon holen . . .

Seine liebe Frau fand umgekehrt die Verbindung der beiden Schießen äußerst zweckmäßig; sie hütete sich aber wohl, dies auszusprechen; sie ging vielmehr auf den Gedanken des Mannes ein und betonte wiederholt, wie willkommen ihr ein paar Kalbsviertel und die neuen Löffel im Haushalt sein würden und daß der Besitz derselben bei der Geschicklichkeit des Gatten ja schon so gut wie gewiß sei.

Der Mann schien davon ebenfalls überzeugt zu sein. Und daß die gute Frau seine Kunst so rühmend und so zuversichtlich anerkannte, das that seinen Ohren gerade auch nicht weh. Aber er meinte doch, daß man

zuweilen auch sonderbares Mißgeschick haben könne;
so habe er einstmals „zwei Mal Knopf geschossen"
und das dritte Mal die Scheibe gefehlt, und damit
die beste Aussicht vernichtet. Awer ek löwe, de
Schipenkiker was besteken ...

O dat passirt düt Mal gewis nig; versicherte die
Gattin ...

Nu ja, sagte endlich der Müller nach langem Bedenken, sau wil wi't sau maken, dat ek etwas
later[1]) gâe; ek kome den tau't Utscheiten nog freu
genaug[2]) un hebbe mit den awrigen Larm niks de
daun. Fritz mag minethalben melopen, da de
Schaule jo dog erst later wêr angeit un hei sine
Lexen jo wol al kan.

Ja, Vatter, dat kan ek, rief dieser; ek weit al
den ganzen Pingstgesang van buten[3]) un ût dem
Katechismus: „daß der alte Adam in uns durch tägliche Reue und Buße soll ersäufet werden, und ..."

Plötzlich stockte er und sah in das betrübte Gesicht
der Mutter.

Ja, un ek nig, Vatter! fragte diese in schmerz-
licher Ueberraschung ...

---

1) Später.
2) Früh genug.
3) Auswendig.

Wo denkst du hen? Wischen![1] wi könt dog
nig alle ût'n Huse gàn! Un wo woste den mit'n
Kinne hen? Na, Vatter, den leiwen Jungen nêm' ek up'n
Arme mêe' . . . unb babei naḥm fie baş Sind wieber
an fich unb füßte unb ḥerȝte eȝ ȝärtlichſt . . . un den
hebb'k jo al'e seggt, dat de Schauster oder sin
Geselle in usen Huse schlapen schal.

Indeſſen bauerte eȝ noch geraume Zeit unb bie
gute Frau mußte noch allerlei kleine Künſte anwenben,
wobei iḥr nicht felten bie Thränen in ben Augen
ſtanben, bevor ber geſtrenge Gatte iḥrem Wunſche
entſprach. Enblich gab er ben feſten Beſcheib: Nu,
minetwegen! awer wi gâet erſt ben Dingsdag-
Morgen, un 't mot gaud Wêr ſin; un ek kome vör
de Nacht wêr trügge bet ben annern Middag.

Da war benn Freube unb Zurüſtung überall.
Daȝ Wetter kounte ja unmöglich ſchlecht werben
wollen . . . Frih lernte feinen alten Abam ȝu Enbe;
bie Mutter forgte für allerlei Reiſebebarf; ber Vater
faḥ bie Scheibenflinte nach, goß Kugeln unb ſtrich
Talgpflaſter; benn ȝu jener Zeit wurben bie Kugeln

---

[1] Luisdchen.

noch mit einer solchen Umhüllung in den Lauf ge=
stoßen.

Dann kam der Nachbar und bot seine guten
Dienste an. Zugleich war er bedacht, sofort einen
Gegendienst zu erlangen; denn er hatte Streit mit dem
Zunftamt der nächsten Stadt, und in solchen Fällen
pflegte er nicht leicht ohne den Rath des Nachbars
Etwas zu unternehmen.

Wen hei en bêtjen [1]) mê uppassen wel, Xawer,
sagte der Müller, sau is dat dankenswert; ek denke
awer dog sülwst up de Nacht wêr da te wesen.

Das kam nun dem guten Schuhmacher etwas in
die Quere. Indessen rückte er doch mit seinem An=
liegen heraus.

Der Mann hatte schon zur westphälischen Zeit
sein Handwerk frei und umfangreich betrieben, war
Meister geworden, hatte Gesellen und Lehrjungen ge=
halten und war lange Jahre von der Zunft unbehelligt
geblieben. Auf ein Mal aber wurde er zur Rechen=
schaft gezogen, weil er nicht befugt sei, einen fremden
Gesellen zu halten, sondern als Dorfmeister nur eigene
Söhne anlehren und arbeiten lassen dürfe. Er hatte
einen Handwerksgenossen, der eine halbe Stunde ent=

---

[1]) Ein wenig.

fernt wohnte, in Verdacht, ihn angezeigt zu haben, und da der Müller mit demselben befreundet war, so schien dieser dem Nachbar doppelt geeignet zu sein, Rath und Beistand zu gewähren.

Der vermeintliche Gegner bestritt aber gering= schätzig, daß er mit der Sache irgend etwas zu schaffen habe. „Was kümmert mir wol der Flickschuster!" sagte er und warf sich in die Brust; „ich bin in Paris gewest!"

Das war richtig. Der Mann hatte lange Zeit in Paris gearbeitet, lieferte unbestritten das beste Schuhwerk weit und breit und sprach eben so gut fran= zösisch wie hochdeutsch, was freilich nicht viel heißen wollte. Sein Widersacher dagegen arbeitete zwar nicht schlecht, und war keineswegs ein bloßer Flickschuster, vielmehr ließen die Landleute mit Vorliebe bei ihm arbeiten, weil er auch in die Häuser ging, und unter den Augen der Leute zuschnitt und nähte; allein fran= zösisch konnte er allerdings nicht und mit feinen Redensarten wußte er auch nicht recht Bescheid. Er hatte jedoch von einem Mitgesellen vordem eine An= zahl ungarischer und italienischer Flüche gelernt, die er mitunter erfolgreich anzubringen wußte. Namentlich hatte er einst der Müllerin einen erheblichen Dienst geleistet, als diese mit einer französischen Einquartierung

sich nicht verständigen konnte. Der fremde Schnauz-
bart wollte eines Tages etwas ganz Besonderes essen
und wußte das nicht anders zu erklären, als daß er
mit der Hand Kreise beschrieb, dann auf seine Finger
zeigte und einige deutsche Brocken hervorbrachte, die
ungefähr so gelautet haben sollen: „bring' so lang
Maschin! wenn transchir', mak paff, spazier' eraus
cinq Personn'!"

Als dies nicht ausreichte, ging er in den Garten
und holte ein paar Erbsenschoten, was die Sache sofort klar machte.

Er wollte aber nicht blos Erbsen, sondern auch
noch etwas anderes haben, was er fortwährend mit
Kreislinien zu bezeichnen suchte; jedoch vergebens.

Endlich rief die Müllerin den Nachbar Schuster
zu Hilfe. Der kam denn auch, hörte den Franzosen,
der ihn für einen Sprachkundigen halten mochte, ruhig
an und sagte dann mit Würde: teremtete! cospetto
di Baccho!

Riktik, riktik! rief da der Franzose vergnügt, bakko,
Pankuk backo!

Da es nun an jungen Erbsen, an Mehl und Eiern
nicht fehlte, so wurden die Wünsche des Franzosen
reichlich erfüllt und alle waren höchst befriedigt.

Am Dienstagmorgen war der Himmel — o Schrecken! — dicht umzogen. Et is niks, Wischen! rief der Müller seiner Frau zu, als er aus dem Fenster blickte. Diese seufzte schmerzlich auf, antwortete aber doch mit wohlgemuther Freundlichkeit: O, et wel sek nog wol upklaren, Vatter! Dat is jo nein Regen, et fisselt man'n bêtjen!

Aber nach einiger Zeit war ein rechtschaffener Regen nicht mehr zu bestreiten.

I, wat kêre wi ösch an den Regen! rief Fritz.

Et wel nog wol beter weren, meinte die Mutter.

Der Vater sah wiederholt nach dem Wetterglase ... De Barmeter stigt, sagte er endlich, wi wilt 't wagen; vörwarts!

In wenigen Minuten waren Alle, nachdem der Magd noch Mahnungen und Weisungen wegen Feuers= gefahr 2c. gegeben worden waren, unterwegs. Man schützte Kopf und Nacken mit Tüchern; denn Regen= schirme waren damals auf dem Lande noch völlig un= bekannt; am gesichertsten saß der kleine Kristel, der unter dem Mantel der Mutter bald wieder einge= schlafen war.

So ging man rüstig über die Haide und dann zwischen wogenden Kornfeldern hin dem Berge ent= gegen.

Kinder und Hunde machen jeden Weg zwei oder
drei Mal; so ging es auch Fritz; überall fand er et=
was zu betrachten, eine Blume, ein Schneckenhaus,
einen Stein . . . Dann kam man an den Berg; der
Weg ward immer steiler und beschwerlicher, der Vater
gebot Schweigen, weil Sprechen und Steigen die
Brust zu sehr angreife und ging selber voran, als=
bald einen langsamen, gemessenen, stetigen Bergschritt
annehmend.

Nach einiger Zeit ließ der Regen nach, man
konnte die nassen Kopftücher abnehmen und stand nach
halbstündiger Anstrengung auf der Höhe des Berges.

Oben befanden sich große Sandsteinbrüche. Die
Abfälle wurden nach der Seite des Berges abgeschüttet.
Dadurch waren weit vorspringende, sogenannte „Klip=
pen" entstanden, von denen man eine entzückende Aus=
sicht auf das ganze Thal genoß. Fritz war der Erste,
der oben stand, und jubelte laut auf: da ligt use
Hûs, use Garen! da steit de grote Pöppel![1] Wo
glad[2] dat ûtsüht! Un wîer hen de velen Barge!
gint ünner![3]

In der That gewährte die kleine Mühle, mit der

---

[1] Pappel.
[2] Hübsch.
[3] Dort unten.

baumreichen Umgebung inmitten der weiten Haide=
fläche, einen freundlichen Anblick, und die Aussicht
nach der fernen siebengliedrigen Bergkette war wun=
dervoll.

Die Wanderer standen geraume Zeit still und
blickten schweigend auf ihr kleines Besitzthum hinab,
das sie mit jahrelangen Anstrengungen errungen hatten.

Gewe de leiwe Gott, dat Niks passirt! betete
die Frau und drückte ihr Kind fester an die Brust.

Amen! rief der Mann, indem er den Hut lüftete;
un nu vörût, Fritz! rechts an den Steinkulen hen!
Nig te nahe an't Euwer! De sind allenhand hol
eweiket. [1])

So zog man weiter, zunächst unter hohen Buchen
hin, die dann und wann noch ein paar Regentropfen
auf die Wanderer herabschüttelten.

Dann ging's bergab, und es durfte nun wieder
gesprochen werden.

O, wat bin ek döstig! [2]) rief Friß.

Ja, ek ôk, versicherte die Mutter.

Na, teuwet [3]) man, tröstete der Vater, dem weit
und breit jeder Fleck des Waldes bekannt war, ek

---

[1]) Zuweilen hohl geweicht, unterhöhlt.
[2]) Durstig.
[3]) Wartet nur.

weit en prächtigen Borm; ek wolle, hei sprünge in usen Dike.[1] Dabie wil wi ösch etwas rêsten.[2] Nach einiger Zeit lenkte er vom Wege ab und drang durch ein Tannendickicht in eine windgeschützte Vertiefung, wo zwischen Moos und Steinen eine köst= liche Quelle hervormurmelte und als klares Bächlein in's Thal hinabrieselte.

Fritz wollte sich sogleich niederwerfen und trinken, aber der Vater gebot Halt! Man mot nig sau in de Hitte henin drinken, sagte er verweisend, darvan kan man den Dôd hebben. Un den mot man ût'r hollen Hand drinken, wîl süs allerlei Ungezifer mêe hendal gân kan. Seuk erst Mos un Lôf,[3] dat wi för de Mutter en Sitz maket!

Das geschah denn; ein alter Stubben bot eine bequeme Rücklehne, und bald saß die ermüdete Frau still und behaglich und legte den Kleinen, der schon wiederholt vor Hunger geweint hatte, an die Brust.

Dann zog der Mann, sich ebenfalls lagernd, aus seiner Jagdtasche Brod und ein Fläschchen Brannt= wein hervor, und theilte Jedem davon Etwas mit.

---

[1] Im Mühlteiche.
[2] Erholen, ausruhen.
[3] Laub.

Sau, sagte er dann, nu kön wi ôk Water drinken;
Fritz, hale Jedem ein Glas vul!

Zugleich wurden die mitgenommenen Vorräthe
ausgetheilt. Und so schmauseten sie und versicherten
alle um die Wette, daß es ihnen vortrefflich schmecke.
Auch der kleine Kristel gab sein volles Behagen zu
erkennen.

Man hätte bei der Gruppe an eine „Ruhe auf
der Flucht nach Egypten" denken können; nur würde
Fritz den Esel haben vorstellen müssen, wozu er sich
wol kaum verstanden hätte. Er war zuerst wieder
auf den Beinen; er ging dem Gesange einer Drossel
nach und rief bald jubelnd herüber, daß er ein Nest
mit drei Eiern gefunden habe.

Most nig tau lange darbie stân bliwen, rief
ihm mahnend der Vater zu, de Olen dihet'r süs af.[1]

Erquickt und gesättigt zog man dann weiter.
Bald hörte der Wald auf; man kam an Kämpe und
Gelände, und hier ging der Mann abermals vom
Wege ab. Er hatte vor einem Jahre ein paar schöne
Schwarzdornschößlinge bemerkt und konnte es sich nicht
versagen, jetzt nachzusehen, wie stark sie inzwischen ge-
worden seien. Vergnügt kehrte er zu den Seinigen

---

[1] Die Alten geben das Geniste sonst auf.

zurück und versicherte: taukumen Jâr,¹) mot ek se halen; en pâr kapetale Gâestökke!²)

Als die Wanderer bei dem „großen Schlagbaume" ankamen, stand der Wagen schon bereit, und der Knecht gab eben den Pferden das letzte Stück Brod. Es war freilich nur ein Ackerwagen; aber zwei Strohsitze und die Ermüdung, die eben noch durch die hervorbrechende Sonne vermehrt wurde, machten ihn einladend genug.

Fritz kletterte sofort auf den Fuhrmannssitz. Der Vater gab dem Knecht einen Schluck Branntwein und rief: Nu lât lopen!

Zwar waren die Wege nicht die besten; das Fürstenthum, welches man quer zu durchfahren hatte, war seit langen Jahren berüchtigt wegen seiner schlechten Straßen, die aus der fürstlichen Kasse zu bessern gewesen wären; aber unsere Wanderer ließen sich das nicht anfechten. Die Pferde waren stark, die frischen Felder entzückend, und dann die mächtigen Stämme eines herrlichen Eichwaldes, durchsäet mit zahlreichen Granitblöcken, so schattig und wohlthuend, daß Alle sich höchst behaglich fühlten.

Vatter, wo kümt de velen Steine her? fragte Fritz.

---

¹) Künftiges Jahr.
²) Gehstöcke, Wanderstöcke.

Ja, min Junge, dat weit wol Nömst sau recht; awer de leiwe Gott het Alles maket . . .

Warum het hei se den sau enzeln ümmeherstreiet?

I, dat 'n ligter daran komen kan! antwortete schmunzelnd der Vater, sich damit nicht eben schlechter aus der Klemme ziehend, als damals manche Gelehrte gethan haben, die sich bis zu den Mondkratern verstiegen.

Später ist man wirklich an die Steine „herangekommen" und hat sie zu Bau= und Wegesteinen ver= kleinert.

Nach anderthalbstündiger Fahrt langte das Ge= fährte in der Nähe des Festorts an, und die Reisenden vernahmen bald Musik und lebhaften Trommelwirbel. Der Müller ward davon sehr unangenehm berührt: er hatte gehofft, daß der Festzug schon ausgerückt sein werde; denn er liebte dergleichen Schaugepränge durch= aus nicht. Allein da sein Bruder Kurt=Heinrich, oder Kördhinnerk, wie die Bauern ihn hießen, zum An= führer gemacht worden war und die Geladenen jeden Augenblick eintreffen konnten, so hatte sich derselbe bereden lassen, dem Zuge gerade vor seinem Hofe Halt zu gebieten.

Man benutzte diese Frist, um auf Abschlag zu trinken und die Hüte mit Kastanienblättern und Eichen=

zweigen, die von den Thor=Bäumen des Anführers
abgeschlagen wurden, zu schmücken. Dieser, eine stäm=
mige, handfeste Gestalt, saß hoch zu Roß, einen großen
Dreimaster mit Federbusch auf dem Haupte, einen
mächtigen Reitersäbel an der Seite, und überhaupt
wie ein Marschall würdevoll anzuschauen.

Als das Gefährte seiner Gäste herankam, kom=
mandirte er Achtung! und ein donnerndes Hurrah er=
füllte die Luft.

Fritz und seine liebe Mutter waren von dem
Empfange sehr erbaut; Vater Christian aber runzelte
die Stirn und hatte Mühe, seinen Unwillen zu ver=
bergen. Indessen konnte er doch ein Lächeln nicht ver=
beißen, als er den Aufputz seines Bruders gewahrte
und rief ihm heiter zu: Gûndag Brüuerken[1] Hauptmann!

Zur Theilnahme am Zuge aber war er schlechthin
nicht zu bewegen. Er schützte Ermüdung und Hunger
der Seinen vor, und versprach, baldigst nachzukommen;
man möge nur mit dem Schießen beginnen, für ihn
werde schon noch eine Stelle bleiben, wo er „hintreffen
könne". Die letzten Worte wurden mit einem gewissen
lächelnden Selbstbewußtsein betont, und Bräuerken-

---

[1] Brüderchen.

Hauptmann lachte mit stolzem Einverständnisse seine Zustimmung. Schade, sagte er, dat sau'n Flügelmann fehlt! Und das konnte man wirklich sagen; denn der Müller maß seine sechs Fuß und hatte dabei eine entsprechende Breite und Stärke, so daß man kaum einen stattlicheren Mann sehen konnte.

Achtung! kommandirte der Feldherr von Neuem; und so trat denn Alles in Reih' und Glied, und da eine Anzahl früherer Soldaten Theil nahm, so gewann auch der Zug ein geordneteres Ansehen, als man wol hätte erwarten sollen, und die ganze Bewohnerschaft, namentlich die weibliche, sah ihm mit Wohlgefallen nach.

Einen besondern Jubel erregte stets ein ehemaliger Dragoner, der wie eine Art Adjutant neben dem Anführer ritt und bald hier bald dort in launigster Weise ordnend eingriff. Den Höhepunkt des Beifalls aber erzielte er dadurch, daß er sich mit großer Gewandtheit kerzengrade auf's Pferd stellte und voraus ritt.

Nicht minderen Beifall fand der Trommelschlag des „Tamburs Fine". Dieser war ebenfalls lange Jahre beim Militär gewesen, und hatte sich eine solche Fertigkeit erworben, daß er die Trommelstöcke einen um den andern in die Luft warf und wiederfing, ohne aus dem Takt zu kommen. Ja, de Fine is dog 'n wahren

Düwelskêrl! hurrah Fine! riefen dann die Zu=
schauer.

Ab und zu ließ sich eine kleine Musikbande hören.
Ohne Musik können solche Festlichkeiten nicht vor sich gehen.
Und doch waren zu jener Zeit die Dorf= und selbst
die Stadtkünstler gar wenig geachtet. Sie wurden
gewissermaßen als bezahlte Spaßmacher angesehen. Es
gab sogar ein Sprüchwort, welches die Geringschätzung
drastisch ausdrückt: Sta up, Musekante, dar kan ja
nog 'n Minsche sitten! [1]

So kam der Zug nebst einem Schwarm von
Kindern und sonstigen Mitläufern auf dem Schieß=
platze an und das Schießen begann. Das Schießen,
aber nicht das — Treffen! Dutzende von Schüssen
gingen vorbei; und doch hatte die Scheibe über drei
Fuß im Durchmesser und die Entfernung betrug nur
ungefähr sechzig Schritt.

Freilich waren die schlechtesten Schützen die hitzigsten
und die meisten Gewehre hatten ein Aussehen, als
könne der Schuß auch mal rück= oder seitwärts zum
Vorschein kommen. Büchsen und halbgezogene Flinten,
sowie Gewehre mit Visiren auf der Mitte des Laufs,
waren nicht gestattet.

---

[1] Da kann ja noch ein Mensch sitzen.

So oft ein Schuß vorbeiging, erhoben die Jungen
ein schallendes Hohngelächter und riefen auch wol:
Het er midden — ümmehen drapen. [1]

Kurt-Heinrich hatte noch nicht geschossen. Er ließ
sich die Lust erst abkühlen und wartete auf die An-
kunft des Bruders. Wol aber hatte sein Sohn und
Stammhalter Hinnerk schon einige Schuß gethan. Er
galt für einen guten Schützen und stand namentlich
in dem stillen Rufe, ein glücklicher Wilderer zu sein;
aber jetzt hatte er noch keinen nennenswerthen Erfolg
erzielt. Er war aufgeregt und zerstreut, und richtete
meist den Blick nach dem Dorfe, von wo allmälig einzelne Gruppen von Mädchen und Frauen herankamen
und in den aufgerichteten Zelten sich niederließen oder
hinter dem Schießplatze lachend und schäkernd sich er-
gingen.

Endlich ließ sich ein Trupp erblicken, der Heinrich's
besondere Aufmerksamkeit erregte. An der Spitze schritt
ein großes stattliches Mädchen, mit hellblondem Haar
und blauen Augen, die es längst dem reichen Anerben
angethan hatten. Denker's Sophie oder Fike, wie man
gewöhnlich sagte, galt im ganzen Dorfe für Heinrich's
Geliebte. Auch sein Vater kannte das Verhältniß,

---

[1] Hat er mitten (nicht hinein, sondern) umhin getroffen.

hatte aber wiederholt mit einem schweren Fluche ver=
sichert, daß aus der Sache nichts werden könne und
solle. Gegen das Mädchen selbst wußte er eigentlich
nichts einzuwenden; aber sie war nur von einer „minnen"
Stätte, während sein Sohn auf das reichste Mädchen
im Orte Anspruch machen konnte.

Heinrich suchte es so einzurichten, daß er mit einem
Freunde „unversehens", wie er dachte, dem Mädchen
in den Weg kam; aber der Alte hatte das Manöver
recht wohl bemerkt und durchschaut und murmelte
wüthend in den Bart: De vermukte Junge! Kikt
he nig alwêr na den Balg, de niks het, asse de
Klatern up'n Liwe! [1]

Das war nun eine arge Uebertreibung, eine Ueber=
treibung blindester Wuth; denn das Mädchen hatte
keineswegs eine unansehnliche Ausstener zu erwarten;
aber freilich konnte die Mitgift nicht so ausfallen, wie
Kurt=Heinrich sie dem einzigen Sohne gewünscht hätte.

Endlich kam auch der Bruder mit seiner Frau an.
Das stattliche Paar erregte allgemeines Aufsehen. War
auch der Müller ein geborenes Dorfkind, so hatte er
doch den Ort so früh verlassen und so selten und immer
nur auf so kurze Zeit wieder betreten, daß er den

---

[1] Lumpen auf dem Leibe.

Meisten, namentlich dem jüngern Geschlechte völlig
fremd erschien und daher mit doppelter Aufmerksam=
keit angestarrt wurde.

Er war eigentlich zum Landwirth erzogen worden,
hatte aber auch ein paar Handwerke erlernt, war dann
plötzlich fortgegangen — man sagte wegen eines Liebes=
verhältnisses — hatte Emden, Hamburg und andere
Städte besucht, ein paar Fahrten zur See gemacht,
überall sich fortzubilden gesucht, und schließlich „hinter
dem Berge", in einer halben Wüstenei sich angesiedelt
und verheirathet. Dort gehörte er bald zu den an=
gesehenen Bewohnern der Gegend und stand auch
mit den öffentlichen Würdenträgern, mit Förster, Pastor
und Schullehrern, auf dem besten Fuße.

Heinrich hatte natürlich nicht verfehlt, von dem
„Christian=Vetter" und seiner vortrefflichen Flinte zu
erzählen. Ja, pflegte er seine Schilderungen zu schließen,
et is man 'n einfache Flinte, awer 'n ganz barbârsch
Gewêr!

Natürlich drängte sich nun Alles heran, als der
„Ausländer", den man durch ausdrückliche Erklärung
wegen seiner früheren Ortsangehörigkeit zum Mit=
schießen ermächtigt hatte, sich bereit machte, „sein Glück
zu versuchen". Und da zeigte sich denn eine auffallende
Erscheinung: als Christian die Flinte zur Hand nahm

und zu laden suchte, zitterte er so heftig, daß er kaum das Pulver und die Kugel in den Lauf bringen konnte. Verwundert sahen sich die Umstehenden an; einer der Vorwitzigsten rief laut: Na, wen de drept, lât ek mi hängen!

Ja, den bestelle man't Strik! sagte der Müller launig, schritt bebend auf den Pfahl zu, legte unter athemloser Erwartung der Umstehenden an, ward ruhig und fest, und in wenig Sekunden saß die Kugel im Schwarzen oder im Knope, wie man dort sagte, der eigentlich weiß war.

Der Scheibenjunge warf die Mütze in die Höhe, sprang jubelnd auf und nieder und schrie: Knôp! Knôp!

Die Meisten vermutheten einen Irrthum. Alles lief daher nach der Scheibe, um mit eigenen Augen zu sehen; aber alle mußten bekennen, daß die Kugel wirklich den Knopf durchschlagen hatte und noch im eichenen Scheibenständer zu sehen war.

Nun wurde die Flinte betrachtet, ob sie nicht doch einen „gezogenen Lauf" habe, und als auch das nicht der Fall war, fehlte wenig, daß man den „zittrigen" Fremden für einen Hexenmeister gehalten hätte. Mehrere wünschten nun ebenfalls mit der Flinte schießen zu dürfen; worauf der Müller einsilbig erklärte, daß man

zwar „Frauen und Flinten nicht verleihe", daß er aber
Zweien das Schießen gestatten wolle; denn mehr Kugeln
könne er nicht wol entbehren. Indessen traf Keiner
von Beiden auch nur die Scheibe, und nun hörten die
Wünsche von selbst auf.

Niemand war mit dem Schusse unzufriedener, als
der Schütze selbst. So gut hatte er eigentlich nicht
treffen wollen; er trug kein Verlangen, Schützenkönig
zu werden, denn das verursachte „Lärm" und — Un=
kosten. Er sann daher nach, wie die Sache zu ändern
sei, und das konnte nicht schwer fallen. Er erklärte,
daß er sich zwar über den guten Schuß freue, daß er
aber die Würde eines Schützenkönigs nicht annehmen
könne. Es sei dankenswerth, daß man ihm überhaupt
das Mitschießen gestattet habe, und den besten Schuß
werde er wol behalten; allein Schützenkönig dürfe nur
ein Ortsangehöriger sein und als solcher könne er doch
nicht mehr betrachtet werden.

Dies salomonische Urtheil fand allgemeinen Bei=
fall; das Feld des Wetteifers war nun wieder frei;
man dankte dem Meisterschützen mit einem donnernden
Hurrah und das Wettschießen begann wieder mit er=
neuter Kraft.

Ei, Christjân, meinte Kurt=Heinrich, dat häddest
du dog nig daun schöllen! Et wöre dog ganz in'r

Ornunge wesen, wenn wi de Schîwen an't Hûs
kregen hädden.[1]

Wês man taufrêe, Bräuerken, sagte Christian, de
Schîwen schöl' ji dog hebben! Und so kam's auch.

Christian sprach mit seinem Neffen Heinrich, lieh ihm
die Flinte und gab ihm einige heimliche Winke, die
bald zum Ziele führten: hôl den Strich up'r Schwanz-
schruwe[2] scharp im Oge un nim fîn Kören![3] en
bêtjen links af! den schal't wol gân!

Heinrich zielte scharf und lange, und brachte in
der That eine der nächsten Kugeln nahe an den Knopf.
Der Scheibenjunge sprang und jubelte abermals, und
Heinrich ward Schützenkönig, zur großen Freude des
Vaters. Aber die Freude ward doch dadurch ge-
schmälert, daß Denker's Arnd, der Bruder der Geliebten des Sohnes noch den nächstbesten Schuß that,
also mit der Schwester den Anspruch hatte, zu allen
weitern Festlichkeiten zugezogen zu werden.

Dat is infâm, Kristjân! sagte Kurt-Heinrich zu
dem Bruder, kumt dat verdamte Wiwesstük vernavend[4]
ôk in't Hus!

---

[1] Es wäre doch ganz in der Ordnung, wenn wir die
Scheibe an's Haus bekommen hätten.
[2] Schwanzschraube.
[3] Fein Korn.
[4] Diesen Abend.

Ja, Kôrdhinnerk, erwiderte Christian, dartegen wel wol Niks te maken sîn! Awer kum, lât ösch en beten allene gân! et is Tîd, dat wi de Brenne-wîns-Sake bespreket!

Kurt-Heinrich hatte eine Branntweinsbrennerei, betrieb sie aber nur wenig, weil die Steuerverhältnisse drückend waren und das Geschäft nach der Lage des Orts nicht sehr lohnend machten. Das Dorf lag hart an der Grenze, hatte einerseits eine bedeutende Steuer zu ertragen und andererseits den Wettbewerb der Ge=schäftsgenossen in dem steuerfreien Nachbarlande zu bestehen. Der Reiz zum Schmuggel war daher groß. Konnte in der Stille ein Fuder Branntwein über den Berg gebracht und nach und nach als einheimisches Erzeugniß wieder verkauft werden, so mußte das einen bedeutenden Gewinn abwerfen.

Dies Alles hatte Kôrdhinnerk in's Auge gefaßt, und Bruder Christian sollte die Vermittlung über=nehmen. Zwar war dieser nicht sehr geneigt, sich in dergleichen Dinge einzulassen; allein er mochte doch auch dem Bruder die Gefälligkeit nicht abschlagen. Dazu kam, daß der Verkäufer des Branntweins eben=falls ein gutes Geschäft machte und in der Mühle Christian's schroten ließ, dieser also gewissermaßen zwei Fliegen mit einer Klappe schlug, ohne sich selbst einer

erheblichen Gefahr auszusetzen. Und an „Unrecht"
dachte natürlich keiner von Allen; denn Schmuggel
und Wilddieberei galten nach der allgemeinsten
Volksanschauung als völlig ehrenhafte Hand=
lungen; nur mußte man dabei „nicht gekriegt werden!"

Als die Beiden außer Gehörweite der Andern
waren, entwickelte Christian seinen Plan, wie folgt:
Der Bruder solle ihm ein tüchtiges Pferd geben; da=
mit wolle er noch heute Abend nach Hause zurückkehren,
am andern Morgen mit dem Branntweinsbrenner ver=
handeln und abschließen und um Mittag wieder im
brüderlichen Hause sein und am Ausschießen der Löffel
und der Kälber Theil nehmen. Auf den Abend solle
der Bruder eine Solospielgesellschaft veranstalten und
den Steuereinnehmer, sowie den Vogt dazu einladen.
Den, Bräuerken, schönst du dine besten Liköre
nig! ümme ein Uhr is de Brennewîn bi der Lanner[1]),
dar nimt 'n Hinnerk in Empfang, feuert lise achter
den Höwen[2]) her un Klokke twei is Alles sicher
in diner Schüne!

Kristjân, sagte der Bruder und spuckte zwei
Klaftern weit aus, Kristjân, de Plan is kapetalig!
Dat vergêt ek di nig! Mîn Pêrd steit vörn in Dörpe

---

[1]) Landwehr, Grenzwehr.
[2]) Höfen.

bi Dreier's Kunrad, dar kanst du glik upsitten gân ek late mi 'n annert halen oder gâe tefaute.[1])

Christian machte sich bald auf den Weg. Der Lärm war ihm längst zuwider. Er sprach einige Worte mit der Frau, die sofort die Augen voll Thränen hatte, liebkosete sein Kind, ging mit Fritz zum Pferde und sprengte bald in einer Weise davon, die den geübten sattelfesten Reiter von ehedem nicht verkennen ließ.

Kristjân, hatte ihm der Bruder nachgerufen, Kristjân, grîp mi dat Pêrd nig tau starke an!! aber Christian dachte, eine kleine Bewegung könne dem feisten Thiere gar nicht schaden. Nach wenigen Stunden sah er sein Haus in heiterer Abenddämmerung liegen und fand Alles in bester Ordnung. Die Magd hatte Thüren und Fenster sorgsam verriegelt, und der Nachbar saß schon bereit sein Wächteramt zu üben, was nun bis zum nächsten Abend verschoben wurde. Bald herrschte die lautloseste Stille, bis am nächsten Morgen das Pferd wieder gesattelt wurde.

Desto lauter ging es im Hause des Bruders her. Es verstand sich von selbst, daß Anführer und Schützenkönig sich nicht lumpen lassen konnten. Nachdem man

---

[1]) Zu Fuße.

feierlich zurückmarschirt war, wobei aber gar Mancher
schwankte und nicht recht Tritt zu halten vermochte,
wurde die Scheibe vor dem Giebel des Festhauses, wo
schon vier ältere hingen, angenagelt, und dann ging's
an's Tanzen, und der Hausherr war stets mit der
Branntweinsflasche in Bewegung.

Erst wurde ein „Langenglischer" getanzt; dann
folgten Walzer und Hopser in endlosem Wechsel, wobei
natürlich die schmucke Schwägerin des Gastgebers nicht
vergessen wurde und gründlich ihre Tanzlust stillte. Be=
sonders aufmerksam zeigte sich Heinrich; auch wußte
er's so einzurichten, daß er die Wesche [1]) mit seiner
Geliebten zusammenbrachte, und es gelang ihm leicht,
nicht nur eine Vertraute, sondern auch eine Gönnerin
des Liebesbundes in ihr zu gewinnen, was sich später
sehr nützlich erwies. Vor allem gefiel der Müllerin
die Entschiedenheit und Festigkeit, mit welcher Sophie
an ihrem Erwählten festgehalten hatte. Als man sie
bewegen wollte, den Geliebten freiwillig aufzugeben,
weil doch nur Unglück und Streit für sie zu erwarten
sei, hatte sie entschieden Nein geantwortet; wenn man
ihr was Schlechtes vorwerfen könne, wollte sie weichen,
sonst aber nicht! „Punktum!"

---

[1]) Wesche = Wase, Base, Muhme; auch Verwandte und
selbst Verschwägerte im Allgemeinen werden so genannt.

Als endlich der Tanz geschlossen wurde, war der junge Tag schon angebrochen. Viele suchten noch ihr Lager auf: der Hausherr aber war ein strenger Ge=bieter. Ek hebbe Niks tegen 'n orrentligen Danz, pflegte er zu sagen; awer de Arbeit mot darünner nig lien! Hinnerk maket de Wagen t'rechte, wi wilt de beiden Blöcke ût 'n Holte halen. De Derens schült erst Disteln un Keuk ût'n Hawer luken[1]) un dan könt se wühen.[2]) Ek gâe eis nar groten Wisch hendal un seihe tau, ob wi bolle meihen könt.

Das war ein harter Spruch; aber Niemand wagte eine Einwendung, die auch vollkommen nutzlos gewesen wäre. Selbst die Schwägerin, der Kurt=Heinrich stets eine gewisse aufmerksame Artigkeit wid=mete, machte keinen ernstlichen Versuch, seinen Sinn zu ändern. Et is wol just neine hille Tid[3]) mine leiwe Fru Schwägerin, sagte er ihr, sich gleichsam entschuldigend, awer ek bin der Meinung, wat van-dage[4]) schein kan mot'n nig bet morgen ver-schuwen.

---

[1]) Disteln und Hederich aus dem Hafer ziehen.
[2]) Jäten.
[3]) Arbeitvolle Zeit.
[4]) Heute.

So ging denn bald Alles an die gewiesene Arbeit. Sogar Fritz, der sich der besten Ruhe hätte hingeben können, bestand darauf, mit nach der „groten Wisch" zu gehen und erntete dafür den lauten Lobspruch des Oheims. Dat is en verdüwelten Jungen! rief dieser aus, ût den kan wat weren! Schâe, dat he man sau knenlig[1] is . . .

Die „große Wiese" war übrigens auch werth, in Augenschein genommen zu werden. Vor dem ganzen Dorfe gab es keine Wiesenfläche von solcher Aus= dehnung und dabei meist so etc.[2] Sie nahm die ganze Breite des zu dem Hofe gehörigen Ackerlandes ein und war von bedeutender Länge. Vorn standen zwei mächtige, mehrhundertjährige Eichbäume und bildeten eine gewölbte Einfahrt. In der Mitte lag ein vereinzelter Granitblock von bedeutendem Umfang. Er lag eigentlich störend und hätte leicht gesprengt und nützlich verwendet werden können; aber Niemand wagte, an so etwas nur zu denken. Er wurde gleichsam wie ein Heiligthum betrachtet, wie denn auch dunkle Nach= klänge in dieser Hinsicht nicht ganz fehlten. Mindestens wurde seit undenklichen Zeiten danach ausgespäht, ob das Gras schon die Höhe „des Steins" erreicht habe

---

[1] Zart, unansehnlich.
[2] Nahrhaft, fein, gut.

ober ob dieser noch zu sehen sei. Gewahrte man seine graue Fläche nicht mehr, so war's ein guter Wuchs und eine reiche Ernte stand in Aussicht.

Rings um die Wiese lief eine hohe Hecke von Hasel= und Hainbuchen, untermischt mit gekappten Weiden und Eichen. Sie war in Jahresschläge getheilt und lieferte alljährlich die nöthigen Erbsenstiefeln, Bohnenstöcke u. dgl.

Bald nach Mittag kehrte Christian zurück. Alles in Ordnung! raunte er dem Bruder zu, und dieser machte ein so glückliches Gesicht, als hätte er den er= hofften Gewinn schon sicher in der Tasche.

Nachmittags ging's dann zum Ausschießen. Die Zahl der Theilnehmenden war natürlich geringer als beim gestrigen Schießen. Nur die bessern Schützen fanden sich ein, und auch von diesen kamen Einige mehr aus Neugierde als in der Hoffnung eines Ge= winns.

Es wurden zwölf Hauptgewinne festgesetzt. Man konnte mehrere Einsätze machen, bis die Kosten gedeckt waren. Jeder Einsatz gab das Recht zu drei Schüssen. Wer mit diesen die meisten Ringe erzielte, erhielt den ersten Gewinn.

Die Bestimmung des ersten Gewinnstücks führte aber noch zu einigen Weiterungen. Am meisten schienen die glänzenden Löffel sich dazu zu eignen. Zinnerne Löffel waren damals in echten Bauernhäusern noch eine große Seltenheit. Man aß nur mit hölten Lepeln, die aber durch ihre Gestalt erkennen lassen konnten, ob ein gewisser höherer Sinn und Wohlstand im Hause herrschte.

Die gewöhnlichste Form war die kreisrunde, mit einfachem, dünnem, rundem Stiel. Etwas höher standen die länglich zugespitzten Löffel mit flachen Stielen. Noch höher konnte man diejenigen schätzen, die nicht in gerade Linie vor einem flachen, mitunter durch allerlei Schnitzerei gezierten Stiele saßen, sondern mittelst eines Schwanenhalses einen rechten Winkel mit der Stiellinie bildeten. Jede dieser Arten erforderte eine gewisse Uebung, um gehörig gehandhabt zu werden.

Die gewöhnlichen Löffel und ebenso die großen in der Küche gebrauchten Schöpflöffel, Schleiwe geheißen, schnitzte sich jeder richtige Bauer zur Winterszeit selbst, wozu er sein besonderes Krummmesser behufs der Aus= höhlung hatte. Auch das Teller= und Löffelbrett in der Küche, das zum Aufstecken der Löffel 2c. diente, wußte ein sorgsamer Haushälter selbst anzufertigen.

Neben allen diesen Löffelarten war ein zinnernes Eßwerkzeug ein Prachtstück, das besonders aufbewahrt zu werden pflegte. Die „neuen, echten, zinnernen

Löffel" konnten daher recht wol als ein passender Gegenstand zu einem ersten Preise angesehen werden.

Aber auch der Kleiderschrank, aus bestem Eichenholze kunstvoll verfertigt, war nicht zu verachten. Solche Schränke fehlen in keinem Bauernhause. Oft sind ein halbes Dutzend und mehr vorhanden, die an den Seiten der Dele oder wo sonst Raum ist, der Reihe nach aufgestellt wurden und nach dem Grade, in welchem sie rauchgeschwärzt sind, die verschiedenen Zeit- und Menschenalter der Familie andeuten; denn jede einziehende Braut bringt sicher einen solchen Schrank mit.

Nach langem Hin- und Herreden machte Christian den Vorschlag, daß man jedes Stück zu Geld abschätzen und dem besten Treffer, unter Festsetzung von Ausgleichungsbeträgen, die Wahl geben solle ꝛc.

Das fand Beifall und so konnte denn das Schießen beginnen.

Der Müller hatte zunächst diejenigen Gegenstände im Auge, welche er im Glücksfalle am leichtesten mitnehmen konnte, also vorzugsweise die Löffel. Er machte mehrere Einsätze, schoß aber Anfangs absichtlich schlechter, um Andere nicht abzuschrecken. Als jedoch die erforderliche Summe gesetzt war, suchte er sich eifrig den ersten Gewinn zu sichern und seine nächsten drei Kugeln saßen denn auch sämmtlich so günstig, daß ihn Niemand

„abschoß". Er wählte nun die Löffel und trug auch im Uebrigen noch ein paar Kalbsviertel und =achtel davon.

Abends fand dann eine lustige Solopartie Statt. Außer dem Steuer=Einnehmer und dem Vogt war auch der Küster geladen worden, und die lockendsten Likörflaschen standen fortwährend auf der Fensterbank. Heinrich trat zuweilen für seinen Vater ein; dann ent= fernte er sich unvermerkt und der Vater warf etwas später die Bemerkung hin: „Na, de Junge, mag wol möue genaug[1]) sin un is wol al im Bedde!"

Der Junge war aber durchaus nicht müde: er machte zunächst einen weiten Umweg, um seinen Schatz zu besuchen, und dann erst rannte er spornstreichs der Landwehr zu.

Hier war die Fuhre eben eingetroffen. Man hatte vorsorglich gut geschmiert; überall, wo ein Knarren hörbar war oder zu befürchten stand, bestrich man das Holz mit Seife oder brachte Stroh und Lappen an; vor dem Dorfe bog man in die stillen Feldwege ein, wo es keine Steine gab, und kam so unbemerkt von hinten zu der Scheune, deren Thor sich nach dem Felde zu öffnete. Schon wollte man in dasselbe ein=

---

[1]) Müde genug.

biegen, als in der Dunkelheit lautes Pfeifen erscholl und ein hochgewachsener Mann mit eiligen Schritten herannahte.

Heinrich stand erschrocken still; die Arme fielen ihm am Leibe herunter! Doch dauerte der Schreck nicht lange. Der Herannahende war Denker's Arnd, sein künftiger Schwager, der eben von einem Besuche der eigenen Geliebten heimkehrte. Er ward schnell in's Geheimniß gezogen und versprach lächelnd, zu schweigen. Das könne aber doch sein Gutes haben, meinte er launig; wenn Heinrich's Vater nun noch Schwierig= keiten mache, so wolle er ihm einmal „unter die Nase reiben", was er wisse, das werde schon helfen. Ueber= haupt, versicherte er weiter, sei er gar nicht gesonnen, seine Schwester verschmähen oder schlecht behandeln zu lassen; eher solle ja — und dabei erhob er einen Arm, der im ganzen Dorfe nicht seines Gleichen hatte, denn Arnd war weit und breit der stärkste Mann; er ließ sich mitunter den linken Arm auf den Rücken binden und ward doch selten von einem Einzelnen bewältigt.

Ja, ja, Hinnerk, sau rükt[1) dat Spek! mahnte der Erzürnte und pfiff dann wohlgemuth weiter.

So war denn die nächste Gefahr überstanden; die

[1) So riecht der Speck.

Fässer wurden abgeladen und tief unter Strohbündeln
versteckt.

Inzwischen hatte das Solospiel den besten Fort=
gang genommen. Kôrdhinnerk gewann in außer=
ordentlichster Weise. Mit heiterem Lachen rief er ein
über das andere Mal: Na, da wil wi'r ôk wat upgân
laten![1]) Ne, darup möt wi nog einen knipen![2]) und
jedes Mal wurden die Likörgläser von Neuem gefüllt.
Auf einmal rief er wieder: Solo! Solo-Eckstein!
Was Teufel, dachte der Einnehmer, der selber
fünf Karroblätter in der Hand hatte: Solo-Eckstein?...
er?... Wohlweislich aber ließ er Nichts merken und
hielt eben so zwei Asse sorgfältig verborgen.

Kôrdhinnerk hatte ebenfalls fünf Trümpfe und
zwar die „vier ersten Matadore". Dabei saß er in der
„Vorhand" und hatte außerdem Pik=König und Pik=
Bube, die unter Umständen auch einen Stich abgeben
konnten.

Ein solches Spiel ist schwer zu verlieren. Der
Alte fühlte sich denn auch so sicher, daß er gar nicht
einmal recht Acht gab, sondern mit seinen Gedanken
bei der Branntweinsfuhre war.

„Spadille"... „Spitze"... „Basta"... „As"...

---

[1]) Was draufgehen lassen.
[2]) noch einen kneifen, d. h. trinken.

Kôrdhinnerk! lächelte Christian, der besser auf=
merkte, Bräuerken, dat geit scheif! pass up!

Nun erkannte und beachtete dieser selbst die Ge=
fahr, der er längst hätte inne und Herr werden können.
Er suchte daher den Pik-König frei zu machen.

Schüppen! sagte er und warf den Buben auf
den Tisch.

Ok Schüppen, rief der Einnehmer, und schlug
mit solcher Kraft das As darauf, daß die Gläser
klirrend emporsprangen.

Nicht minder kräftig zog er dann den Trumpf=
König.

Un nu twei Forssen!... Alles vor mir! Ok
vier Stiche!... So spielt man in Venedig! Hä?...

Der Solo war wirklich verloren und kostete viel
Geld.

Na, wat tau dul is, dat is tau dul! schrie Kurt=
Heinrich; Kristjân, hest du sau wat al belewet?

Ne, Bräuerken! rief der lachend, mîn Dage nog
nig! und Alle schwuren hoch und theuer, daß ihnen
so etwas noch nicht vorgekommen sei.

Ne, wat tau dul is, dat is tau dul!... Vadder,
fügte Kurt-Heinrich hinzu, indem er den verlorenen
Solo bezahlte, Vadder, dar möt wi nog'n duwwelten
Pommeranzen darup setten!

Und der liebe Gevatter, der übrigens ein kreuz=
braver Mann war, ließ sich das in seiner Herzens=
freude gern gefallen und dachte nicht entfernt daran,
daß gerade ein Fuder Branntwein über die Grenze
gekommen war und in die hundert Schritte entfernte
Scheune gebracht wurde.

Herr Gevatter, lallte er, es is mich aber doch
bolle zu viel; aberst — ein gutes — Spiel — war's!
ja, da . . . das . . . war's! —

Endlich brach man auf. Da alle drei, Küster,
Vogt und Einnehmer, in einer und derselben Richtung
zu gehen hatten, so mußte sie ein Knecht mit der
Laterne nach Hause bringen.

Als er zurückkam, fragte Kurt=Heinrich: Sind se
alle richtig in't Hûs komen?

Ja, Here, in't Hûs wol, ob awer ôk in't Bedde,
dat weit ek nig.

Et is gaud, Hans! Gif den Peren nog Etwas
un den ga wêr liggen!

Bald darauf trat Heinrich herein und erzählte,
daß Alles wohl gelungen sei. Nur Denker's Arnd
wäre unvermuthet darauf zugekommen, aber der werde
schon schweigen.

Allerwegen schnüffelt dat verdamte Pak!

brummte der Alte verdrießlich vor sich hin, gab dem lieben Bruder die Hand und beide gingen zu Bett.

Heinrich aber fand noch lange keine Ruhe. Seine Fike hatte ihm wiederholt versichert, daß ihr Vater durchaus die Sache klar gestellt wissen wolle und daß er ohne Verzug mit dem seinigen reden müsse. Ihre ganze Familie sei empört über das Verhalten und die Aeußerungen seines Vaters; wenn man auch nicht so reich sei als dieser, so habe man doch ebenfalls seinen Stolz und wolle nicht ehrenrührig in der Leute Mäuler sein; die Ihrigen verlangten gehörige Verlobung oder — Heinrich sollte das Haus meiden.

Da lag dieser nun schlaflos und dachte und dachte. Endlich schien es ihm am Besten zu sein, sofort die Anwesenheit des Oheims und der Base zu benutzen und die Sache zum Austrag zu bringen. Ja, sagte er zu sich selber, sau is't am besten! und schlief ein.

Am andern Morgen zog er den Oheim in's Vertrauen und bat um dessen Beistand. Christian nahm dann das liebe „Bräuerken" bei Seite und theilte ihm mit, was dieser längst wußte und befürchtet hatte.

Et gift neine besonnere Rikedage, dat is wahr, Kôrdhinnerk! awer wat is darbi te daun? Henneholen kanst du de Sake wol, awer ganz hinnern, wen de Junge sinen Kop darup settet, nig. Dâr

is't beter, du willigst glik in. Un sitten laten deit
Hinnerk de Deren nig, un kan't ôk wol nig. Un
den de Arnd! ... 't schal'n vermukten Kêrl sîn!
wen de Bengel dullerhare ¹) werd un di in'r Dulheit
anzeiget, sau kön dat dog en eklige Bredulje weren!
Ja, ja, dat is wol wahr, awer ...
Nun kam die liebe Schwägerin auch dazu. Laten
se dat man gaud sîn, sagte die; ek hebbe dog von
allen Kanten höret, dat et en gaud, renlig, nerig
Meike ²) is! ... Wat helpet dat allens! Wen Se
dar en rifférig Wiwesstük ³) in't Hûs kregen, sau
wör't dog niks Rechts, un wen se ôk nog sau vel
Geld mê'bröchte!
Ja, min leiwe Kind, Se möget wol Recht hebben,
awer ...
Un' ne gaue Hûshöllersche, fuhr die Schwägerin
fort, werd't Fîkschen, darup könt Se sek verlaten!
Et het sek sau ganz för sek sülwen en Dutzend
Handdäuker un en half Dutzend Dischlaken terechte
maket, un dat könt Se man löwen, Schwager, en
jung Frûsminsche, dat up Handdäuker süht un nig
blôt up Kledâsche, dat werd en Hûshöllersche!

---

¹) Wörtlich: toller Haare, d. h. wüthend.
²) Mädchen.
³) Unachtsames, verschwenderisches Weibsstück.

Ja, min leiwe Wesche, dat is ja wol wahr, awer . . .

Nu, lât et gaud sin, Bräuerken! des Minschen
Wille is sin Himmelrîk! Un Recht het min Frûe ôk!

Ja, awer . . .

Un denn blifst du jo Here in'n Huse! und
behölst den Knôp up den Büdel! . . .

Na, dat versteit sek up alle Fälle! — Awer . . .

Na, minethalben! Den schal awer bolle de Hochtîd
sin un ji mötet alle wêr komen!

Dat schal en Wôrd sîn!

Da war denn Freude in allen Ecken. Beim Früh=
stück ward die Gesundheit des Brautpaars ausgebracht,
und als das kleine Fuhrwerk mit den Gästen nebst
den echten Löffeln und den verschiedenen Kalbs=Vierteln
und =Achteln davon fuhr, hieß es allseitig: up't Wêr-
sein! up de Hochtîd!

Die Reisenden kamen zeitig und glücklich in der
Heimath an und fanden Alles in guter Ordnung.
Von den Vierteln und Achteln erhielt auch die Nach=
barin ein gutes Stück!

Awer etet et nig up ein Mal, Nawersche! man
mot jümmer sau eten, dat'n den Geschmak lange het.

Ja, dat is wol wahr, Nawersche! awer . . . ek
löwe, de ole Fokk'sche het ôk Recht: Wen ek et
schmekke, sau schmekk' ek't dögend!

Schon in den nächsten Tagen begannen die Vorbe=
reitungen zum Hochzeitsfeste, das natürlich in würdigster
Weise begangen werden sollte. Im Hause der Braut
war es vornehmlich die Ausrüstung des Brautwagens,
welche die Aufmerksamkeit und die Thätigkeit in An=
spruch nahm. Da indessen das freudige Ereigniß schon
seit Jahren vorsorglich in's Auge gefaßt worden war,
wie das in jedem ordentlichen Hauswesen mit heran=
gewachsenen Töchtern zu geschehen pflegt, so handelte
es sich mehr um Ergänzung und Regelung, als um
Neubeschaffung, und in kurzen Wochen stand und lag
Alles glanzvoll und sauber bereit.

Das Hauptstück der Aussteuer war natürlich das
Bett, breit und fest und mit zahlreichen Kissen versehen,
aufgestapelt. Welche Rolle ein großer eichener Kleider=
schrank spielt, sahen wir schon oben. Fast eben so
wichtig ist eine Lade oder ein Koffer, recht kunstreich
bemalt und soweit als möglich mit Leinen und Drell
und dergl. gefüllt. Tische, Stühle, Küchengeräth und
ähnliche häusliche Gegenstände kommen hinzu. Die
Spitze des Ganzen bildet ein geschmücktes Spinnrad
mit vollem Rocken, das von einem jungen Mädchen
hoch auf dem von Burschen zu Pferde begleiteten Wagen
gehalten wird.

Im Hause des Bräutigams wird vor allen Dingen

für Essen und Trinken gesorgt. Da der eigene Herd
meistens zum Kochen rc. nicht ausreicht, so werden mit=
unter ein paar Nachbarhäuser zu Hilfe genommen.
Das gewöhnlichste Auskunftsmittel aber besteht darin,
daß hinter dem Wohnhause im Garten ein Gestell zum
Aufhängen großer Kessel und Töpfe hergerichtet und
solchergestalt das Kochen der Suppen rc. im Freien
möglich gemacht wird.

Eine Hauptpersönlichkeit bei den Hochzeitsvorbe=
reitungen ist de Hochtidsbidder, der sämmtliche Ein=
ladungen zu besorgen und dann während der Lustbar=
keiten darauf zu sehen hat, daß Alles nach Recht und
löblichem Brauch vor sich geht. Er muß daher ein
gewandter, erfahrener, umgänglicher Mann sein, der
die Zunge wohl gelöst hat und namentlich die Eigen=
schaft besitzt, Scherz und Ernst, Gespäßigkeit und Würde
an rechter Stelle, wie sich's ziemt und hergebracht ist,
zu bethätigen. Mitunter ist die Bitterschaft gewisser=
maßen erblich; die zahlreichen Reimsprüche, welche auf=
zusagen und die Förmlichkeiten, welche zu beobachten
sind, gehen von Mund zu Mund, vom Vater auf den
Sohn über. Indessen muß der Einzelne doch die Fer=
tigkeit haben, nach den jeweiligen Umständen zu ändern
und anzupassen und nöthigenfalls neue Reime hinzu=

zufügen. Man schöll't nig löwen, heißt es dann, wo de Kêrl de Wöre te gripen weit!

In unserm Falle war der Mann besonders ge=schickt. Er hatte zwar keine Erbweisheit aufzuzeigen, allein er besaß natürliche Gaben, und was mehr war, er hatte geraume Zeit achterm Barge, wie man es nannte, d. h. hinter dem Berge, gelebt und von dorther zahlreiche Verse und andere Dinge mitge=bracht, die er nun klug und mit Erfolg zu verwenden wußte.

Das Amtszeichen des Hochzeitsbitters ist ein ge=rader, etwa acht Fuß langer, meist bräunlich gefärbter Stab, oben mit einer blanken Spitze und einer Art Krone aus Schleifen, Flittergold und Blumen geziert. Darunter befindet sich eine Vorrichtung zur Befestigung von Bändern und Tüchern, die von den Kranzjungfern und anderen jungen Mädchen, die sich besonders freundlich und freigebig bezeigen wollen, dargeboten werden.

Anfangs nimmt sich der Stab ziemlich — kahl aus; doch wird dies durch die lebhaftesten Farben aus=geglichen, und je weiter der Bitter auf seinem Rund=gange kommt, desto größer wird die Fülle des Schmucks. In gleicher Weise verziert sich allmälig sein Hut und auch wohl ein Stück von den Aermeln 2c.

7*

Sobald der Bitter das Haus verläßt, sieht er sich gewöhnlich von einer Schar von Kindern umgeben. Er darf sie nicht barsch verjagen, was auch gar nicht durchzuführen sein würde; aber er darf sie auch nicht zu nahe herankommen lassen, muß sie vielmehr in gemessener Entfernung zu halten suchen und dabei selbst gemessen einherschreiten. Im Uebrigen ist er unterwegs ein einfacher Mensch, grüßt und wird gegrüßt, tauscht allerlei Scherzreden aus ꝛc. Beim Einbiegen in einen Thorweg stürmen die Kinder voraus und schreien: de Hochtidsbidder! de Hochtidsbidder! Dieser schwingt seinen Stab und schreitet auf die Dele un de Dönze[1]) zu.

Auch hier ist er zunächst noch einfacher Mensch, der sich in ein freundliches Gespräch mit der Hausfrau einläßt. Sie weiß natürlich längst, daß sie eingeladen wird, aber sie sagt doch in einer Weise, als sei sie freudig überrascht:

I, süh eis, Hanshinnerk, wut du ösch ôk nödigen?[2])

Na, Fik-Wesche, âne jök[3]) ginge dat dog nig

---

[1]) Stube.
[2]) Einladen.
[3]) Ohne euch.

gaud! un wen'r jûë Stînchen nig bië wöre, den fele jo't Beste!

Nu hör eis Einer den olen Flattêrer! ruft ſchnippiſch die eintretende Tochter vom Hauſe, die eben im Garten geweſen iſt, um zu ſehen, ob ſich auch Alles findet, was zu einem gehörigen Rukebusch ¹) erforder= lich iſt. Ji denkt wol, up sükke Art en gladden Dauk ²) te erwischen? ja prôst de Maltîd! ek gaë gâr nig up de Hochtîd! Na, wer dat nig löwet, krigt en Dauk! kik, hir is nog Platz!

Inzwiſchen hat ſich die Hausgenoſſenſchaft in der Stube verſammelt. Die Scherzreden hören auf, Hans= hinnerk nimmt ſeine Amtsmiene an, räuſpert ſich und ſpricht, während Alles athemlos ſeinen Worten lauſcht:

Hier komme ich her geſchritten,
Hätte ich ein Pferd, ſo wäre ich geritten,
Nun aber iſt mir mein Pferd weggenommen,
Alſo muß ich zu Fuße kommen.

Damit macht der Vortragende eine Pauſe und leitet ſo einen wichtigen Augenblick ein. Bisher hat er den Amtsſtab ziemlich nachläſſig gehalten und das

---

¹) Strauß zum Riechen.
²) Hübſches Tuch.

Haupt nicht entblößt. Jetzt aber schickt er sich an, den Stab mit der Linken etwas zu heben und auf den Boden zu stoßen und den Hut mit der Rechten abzunehmen, indem er spricht:

> Hier setze ich meinen Fuß und Stab,
> Und nehme meinen Hut ab.

Je anmuthiger und würdevoller beides geschieht, und je schöner sich während der ferneren Rede die Bänder und Tücher an dem leise bewegten Stabe entfalten, um so „richtiger" versteht der Mann sein Geschäft und um so lauter erklingt am Ende sein Lob. Der Spruch lautet weiter:

> Thue sie Alle insgesammt bitten, ein wenig stille zu sein
> Und meine Worte rechtzunehmen ein.
> Denn ich bin abgefertigt und ausgesandt von rc. rc.
> Sie sind Willens, künftigen Donnerstag einen Brautwagen
> und Hochzeitstag zu halten;
> Darum lassen sie durch mich bitten,
> Herrn und Frau, Söhne und Töchter,
> Knechte und Mägde, Groß und Klein,
> So wie sie im Hause zu finden sein.
> Noch lassen sie den Herrn bitten, mit einem ausgeschmückten
> und blanken Reitpferde,
> Nochmals läßt der Bräutigam bitten um Söhne und
> Knechte,
> Die Braut um die Töchter und Mägde,
> Daß sie möchten kommen
> Und ihren Kirchengang zieren und vermehren helfen!
> Der Kirchenweg ist wol nicht breit,

Aber doch ziemlich lang;
Darauf wird man hören
Hobojen und Trompetenklang!
Sie machen die Schuhe schwarz,
Die Strümpfe weiß,
Die Schürze bunt,
Die Brüste rund
Und die Haare aufgekrüllt!
Aber, Jungfern und Junggesellen, macht euch nicht gar zu
    schön,
Damit Braut und Bräutigam nicht zurück thun stehn!
Nach der Kopulazion werden sie sitzen
Und essen und trinken;
Viel Lustbarkeit wird da gegenwärtig sein,
Denn es werden geschlachtet zwanzig fette Ochsen
Und Schafe und Rinder
Auch nicht minder!
Sie werden auch zwei Männer haben,
Einen Jäger auf der See
Und einen Fischer auf dem Schnee;
Was diese beiden nicht fangen,
Das werden sie aus Bremen und Hamburg lassen langen.
Da werden sie auch bekommen.
Von zwölf Malter Weizen hübsche Butterkuchen;
Pfeifen und Tabak, Bier und Branntwein.
Zwölf Fuder Bier, zwei Faß Wein,
Sechs Fuder Branntwein.
An diesen allen soll kein Mangel sein!
Vierundzwanzig Musikanten sollen spielen fein.
Wenn's mit vierundzwanzig eine Fabel ist,
So seien es acht bis sechs ganz gewiß!
Es wird auch nicht fehlen an Tischen und Stühlen,
Gläsern und Krügen,
Feuer und Licht.

Nochmals thu' ich die Jungfern und Junggesellen warnen,
Nicht miteinander in den Winkeln zu stehen;
Die Winkels sind vergänglich,
Und die schönen Jungfern werden kränklich.
Wer gedenket, Braut und Bräutigam zu werden,
Der muß sich bei Zeiten halten in Ehren!
Zuletzt werde ich bitten für meine Person,
Daß Sie möchten meine Einladung nicht übel nehmen,
Denn ich habe vielweniger gelernt noch studirt;
Denn gestern Abend, als ich wollte studiren,
Da thaten mich die schönen Kranzjungfern verführen;
Da habe ich die ganze Nacht bei gesessen
Und mein Studiren ganz vergessen.
So kommt denn und bleibt nicht aus!
Und macht euch lustig bei dem Schmaus.
Potztausend! ich werde mich noch Eins besinnen,
Ob ich in diesem Hause eine Kranzjungfer finde,
Sie wird wol meiner gedenken
Und mir ein Band an meinen Stab schenken.
Ich hätte bald noch Eins vergessen,
Messer und Gabel nicht zu vergessen!
Und zuletzt den Beutel nicht mit dem Gelde!
Ade!

Damit setzt der Redner seinen Hut wieder auf
und von allen Seiten wird Lob und Befriedigung laut.

Ek sege 't jo, sagt die Hausfrau, et geit Niks
awer den Hanshinnerk sine Versche un Rimelrîe.
Wo he man alle de Wöre herkrigt?

Ja, fügt der Hausherr hinzu, einen Schnaps ein-
schenkend, awer de Kêle werd darbi verdamt dröge!

... Sau! nu drink en Lütjen, dat se wêr fuchte werd!

Als das Hochzeitsfest herankam, war der kleine Kristel leidend und die sorgliche Mutter konnte ihr Versprechen nicht erfüllen. Der Vater und Fritz aber machten sich auf den Weg und kamen gerade an, als der Festzug die Kirche verließ.

Natürlich war das ganze Dorf in Bewegung. Ueberall standen Gruppen, die grüßten und bewunderten oder aufmerksam ausspähten, ob irgendwo ein Mangel zu entdecken sei; von allen Seiten ertönten zahlreiche Schüsse zur Begrüßung.

Aber der Zug und namentlich das Brautpaar war auch der Betrachtung werth. So „genau" der Hochzeitsvater sonst war, am „Ehrentage" des einzigen Sohnes durfte es an Nichts fehlen. Und die Eltern der Braut hatten auch das Möglichste aufgeboten, um nicht zurückzustehen.

Besonders hervorstechend waren die großen silbernen funkelnagelneuen Schuhschnallen, welche Braut und Bräutigam trugen, und die mit ihren kunstvollen Ecken und Buckeln beim Fortschreiten weithin erglänzten. Es war zwar schon damals die Zeit, wo die Schuhschnallen mehr und mehr abkamen; allein Heinrich's Vater war damit gar nicht einverstanden. Er hielt streng auf

alte Bräuche, trug selber fortwährend messingene Schuh=
schnallen und bewahrte seine eigenen Bräutigams=
schnallen wohlgeputzt und mit großer Sorgfalt auf,
um bei festlichen Gelegenheiten davon Gebrauch zu
machen. Als der Sohn auf einige Neuerungen ab=
zielte und anspielte und dies durch Ersparung der
kostspieligen Schnallen 2c. zu erleichtern dachte, stieß er
sofort auf den entschiedensten Widerstand. Der Hoch=
zeitsrock, dies „Ehrenkleid für's ganze Leben," ward
genau wie der des Vaters angefertigt, mit kurzen,
breiten Schößen, Klappentaschen an den Seiten, nie=
drigem, stehendem Kragen und zahlreichen großen
übersponnenen Knöpfen aller Orten. Niks dar,
Hinnerk! sagte der Alte, als er des Sohnes Wünsche
vernahm; In den pâr Dagen vör de Hochtîd mot
nig e spârt weren; awer na de Hochtîd spare du
man jümmertau!

In gleichem Sinne war auch die zwei= bis drei=
tägige Festlichkeit vorbereitet: für Essen und Trinken
und Musik ward auf's reichlichste gesorgt.

Sehr stattlich nahm sich die Braut aus. Ihre
hohe, feste Gestalt ward durch den aufstrebenden Kranz
von Blumen und allerlei Flitterwerk noch ansehnlicher,
so daß sie zwischen den ähnlich geschmückten, aber
kleineren Brautjungfern wie eine wahre Festkönigin

einherschritt und die erwiesenen Aufmerksamkeiten als
gebührende Huldigungen empfing.

Gleichwol hatte Fritz allerlei auszusetzen. Daheim, meinte er, sei doch Vieles noch schöner: Der
Kranz sei höher, der Schmuck der Glasperlen reicher,
der ganze Aufputz heiterer; die dortigen Upfliher-
schen [1]) müßten ihre Sache doch wol besser verstehen,
als die hiesigen. Und vor Allem spräche der Hochzeits-
bitter bei ihnen einen noch schöneren Spruch.

So viele Unterschiede Fritz nun auch in den
Bräuchen auf beiden Seiten des Berges bemerkte, hin-
sichtlich des „Beutels mit dem Gelde" waren sie völlig
gleich. Sein Vater wollte zwar versuchen, eine „Gifte"
abzuwenden, allein alle Mühe war vergebens. Wo
denkst du hen, Kristjân! rief der Bruder fast zornig.
Ek hebbe mîn Lewe mêr as annerthalf hunnert
Daler sau Schandenhalwer betalen most, nu wil'k
ôk minen Schaën etwas wêr nakomen!

Zu einer gewissen Zeit wurde der Tanz unter-
brochen, ein großer Tisch in die Mitte des Flurs ge-

---

[1]) Schmückerinnen, Aufputzerinnen. Das Upflihen der
Bräute und Brautjungfern, zum Theil auch junger Gevatterinnen,
mit hohen Blumen- und Glasperlenkränzen ist oder war vieler-
orts eine Art Dorfkunst.

rückt, eine geräumige Schüssel darauf gestellt, Papier und Feder zurechtgelegt und der Küster, der zu den Frifreters [1]) gehörte, gebeten, das „Anschreiben" zu übernehmen.

Nun bildeten sich Gruppen und Geflüster: Wo vêl gifst' du? . . . Ja, wat meinst du? . . . Nu, regelêr möt wi gewen, awer ôk nig tau vêl! . . . Ek denke, sau'n Daler oder annerthalf! . . . Na, denn ek ôk!

So ward allmälig die Schüssel gefüllt; und Korb= hinnerk freute sich innig, daß er nun doch nicht allzu= sehr „zu Kurz gekommen sei."

Aber Fritz blieb unzufrieden und er ward es noch mehr, als folgenden Tages eine andere Trauung Statt fand und er bis in die Kirche mit vorgedrun= gen war.

Ja, Vatter, klagte er diesem, als er zurückkam, dat was jo gar neine Hochtîd un neine orrentlige Brût! de har jo'n schwarte Müssen uppe, neinen Kranz. Un regelere Kranzjumfern wören'r ôk nig. Wat is den dat för'n Wark, Vatter?

O, mîn Junge, dat is bi Einigen hîr sau Mode; awer et is en schlechte Mode.

---

[1]) Freifresser, die Nichts zahlen.

Ja, dat is't!

Auf dem Heimwege ging Fritz gedankenvoll neben dem Vater her und sagte endlich: Ek löwe, Vatter, met der Brût âne Kranz . . . dat mot nog wat ganz Besonners te bedüen hebben.

Gefält di den en Brût met en Kranze beter? fragte der Vater lächelnd und ablenkend.

Ja, Vatter, vêl beter!

Mi ôk, mîn Junge!

III.

Die Hausrichtung.

Die Hausrichtung.

Mederatschon un Dederatschon, Kunrad, wat
het dat? wat bedüt dat?[1]

Mit diesen Worten trat der Zimmermann Ludwig
Büthe höchst aufgeregt und eilfertig in das Zimmer,
wo der Ackerwirth und Branntweinsbrenner Konrad
Husemann eben seinen Morgenkaffe trank und gerade
überlegte, ob er noch ein Stück Kandiszucker mehr
nehmen sollte oder nicht. Das Zuckernehmen zum
Kaffe war damals unter den Landleuten noch wenig
üblich; auch Husemann gestattete sich diesen Genuß,
wie er meinte, nur ausnahmsweise und betrachtete
ihn gewissermaßen als sein hausherrliches Vorrecht.
In Wahrheit aber wurde bei ihm die Ausnahme meist
zur Regel, und auf der andern Seite wußten Gattin
und Töchter es mit großer Klugheit so einzurichten,

---

[1] Was heißt das? Was bedeutet das?

daß sie ebenfalls ihren Zucker hatten, wenn auch in mehr versteckter Weise. Sobald nun Husemann des Morgens zum Kaffetrinken sich anschickte, trat er höchst bedächtig an einen sorgfältig verschlossenen Wandschrank, holte die Zuckerbüte hervor und nahm ein kleines Stück heraus und zwar als sparsamer Mann ein sehr kleines; allein, da mit dem Genusse das Verlangen nach Süßigkeit sich zu steigern pflegte, so entstand später nicht selten ein stiller Kampf zwischen Sparsamkeit und Genußsucht, der meist zu Gunsten — der letztern endigte, während bei den Frauen ein Streit überhaupt nicht vorkam. Dies Mal bewahrte der Eintritt des Zimmermanns die Sparsamkeit vor dem Unterliegen.

Wat de Düwel hest du, Ludewig? du kikst jo ût as'n vergrelt Puterhahn!

Dâr is wat te kiken, erwiderte Büthe! De Kêrl gaf mi de Reknungen trügge un säe darbie: Mederatschon un Dederatschon, un nu schal ek weiniger Geld hebben; de Satan mag weten, wat dat te bedüen het!

Husemann wußte auch nicht gleich einen Vers darauf zu machen. Aber eingestehen mochte er das nicht. Er war doch Branntweinsbrenner, hatte den größten Hof im Dorfe, war überhaupt der Erste nach dem Pastor und dem Küster — wenigstens hielt er sich selbst dafür — und mußte also auch das Meiste wissen. Er gab sich daher den Anschein, als erkenne er recht gut, warum sich's handle, wolle aber nur nicht gleich mit der Sprache heraus. Er stand bedächtig auf, zwinkerte mit den Augen, spuckte aus, klopfte auf der Fensterbankkante die Asche aus der Pfeife, begann auf's neue zu stopfen, und sagte:

Vadder, hest du velligte en Stük Holt up'n Schwanz kloppet?

Eigentlich pflegte er den „Gevatter“ Büthe nicht gern so zu nennen; dazu war ihm der Zimmermann doch „wat minne“. Allein so unter vier Augen und namentlich in einem Augenblicke, wo er sich selber nicht recht sicher auf den Füßen fühlte, that er ein Uebriges.

Küratschon un de Düwel! rief Büthe; Stük Holt! . . . Knappe en pâr Dragt Spöne sind'r bi afefallen!

Den wise mi eis de Reknunge! sagte Husemann.

Der Zimmermann griff unter das Schurzfell und zog einige Papiere hervor, während Husemann eine große Hornbrille aufsetzte, die neugestopfte Pfeife an= brannte und darauf langsam zu lesen begann, bis er an die Worte kam: „Moderatione et deductione f.“[1]

---

[1] Nach geschehener Ermäßigung und Abziehung.

und dann fand, daß die Summe der Rechnung um mehrere Thaler verringert worden war.

Dieser letzte Umstand half ihm auf die Sprünge. Er nahm die Brille ab, blickte den Zimmermann scharf an und sagte mit Nachdruck: Moderatione, dederatione . . . dacht' ek't dog! Het'n de Düwel wér verfeuert, met'n lütjen Tolstok te meten un met groter Kride anteschriwen!¹)

Der Zimmermann war nicht wenig erstaunt über die Gelehrsamkeit des Gevattersmannes, sagte aber nichts Weiteres, als daß er seinem Herzen durch eine Reihe der kernigsten Flüche und Verwünschungen Luft machte: de vermukte öle brétschnutige Hallunke van Bumester! ek wolle, dat dem Satan dat Mûl tauwösse!²) Hädd' ek man den ganzen verdamten Bû gar nig e kregen! ek wolle dat er dusend Millionen Schok Tunnen Kreuz Donnerwér . . .

Na lât't gau sîn, Vadder! 't felt er dog'n regelêr Stük Geld bi af! . . . Awer make't bi Denker's Schüne nig eben sau! . . . Wo wît sin ji den? Kan't bolle lôs gân?

---

¹) Mit einem kleinen Zollstock zu messen und mit großer Kreide anzuschreiben.
²) Das Maul zuwüchse. An einigen Orten lautet die Verwünschung so derb, daß sie nicht wol übersetzbar ist.

Ek denke, taukumen Weken, Dönnerdag oder
Fridag, wil wi richten. Düsserdage werd Denker's
Hinnerk wol komen un jue Hülpe ansprêken; hei
het al faken [1]) segt, juë Arnd möst' er bi e wesen,
un't Anornêren [2]) un Kummedêren . . .
Ja, ja, dat weit ek al, fiel Husemann ein, dat
wel mi wol taufallen . . .

Der Zimmermann kam in ftarke Versuchung zu
sagen, daß dies eigentlich durchaus nicht nothwendig
sei; allein er hatte heute wieder einen so sprechenden
Beweis von den großen sonstigen Fähigkeiten Hufe=
mann's bekommen, daß er sich überwand und bloß für
sich hinsagte oder dachte: man mot 'm den Spleten
te gaue holen!

Husemann, der im Uebrigen ein trefflicher und
tüchtiger Mann war, hatte sich nämlich seit langer
Zeit in den Kopf gesetzt, daß Niemand das „Anord=
nen" und „Besehlen" so gut verstehe wie er, und daß
namentlich eine Hausrichtung von einiger Bedeutung
ohne seine Mitwirkung gar nicht vor sich gehen könne.
Het reihte Kummederen pflegte er zu sagen, is de
halwe Arbeit! Und wunderlicher Weise wurde diese

---

[1]) Oft.
[2]) Anordnen.

Selbstüberzeugung von vielen Anderen getheilt; und
Diejenigen, welche sie nicht theilten, würden doch den
alten Husemann sehr ungern bei der Sache vermißt
haben. War auch sein Kommando nicht immer richtig,
wie Manche behaupteten, oder war es wol gar gerade=
zu verkehrt, wie die losesten Mäuler sich zuflüsterten,
so befand doch Eins sich stets in der tabellosesten Ord=
nung, sein Commandostab, die — Branntweinsflasche!
Bei wichtigen Dingen, pflegte er zu sagen, is Tweierlei
nig genaug te beachten: man mot de Sake erst
beschlapen, oder, wenn dat nig angeit, erst en
Lütjen drinken, un dabie awerleggen.

In seinem eigenen Hause war die „Branntweins=
kammer" der wichtigste Ort, gleichsam das Allerheiligste,
zu dem nicht leicht Jemand Zutritt erhielt, außer in
seinem Geleit, und zu dem er den Schlüssel fortwäh=
rend bei sich trug. Dort lagerten nicht blos die Brannt=
weinsfässer, dort stand auch der Geldschrank, der
Zuckerkasten, der Honigtopf u. A.; dort glänzten vor
allen Dingen die Likörflaschen, die „Pullen mit Angesetz=
tem" und zwar in den verlockensten Farben, wie „Kir=
schen", „Wachholder", „Calmus", „Kümmel", „Pomme=
ranzen" u. s. w.

Natürlich sah Husemann auch bei seinen Freun=
den und Bekannten darauf, daß sie, wenn auch gerade

keine Branntweinskammer, doch wenigstens einen wol=
besetzten Branntweinsschrank hatten. Es gehörte das
nach seiner Meinung zu einem tüchtigen Hauswesen.
Nichts lag ihm aber ferner, als Unmäßigkeit oder gar
Völlerei; dergleichen stand schon mit seiner großen
Sparsamkeit und Ordnungsliebe im Widerspruche; aber
wen 't stramme hergeit oder bi besondern Vorfällen
mot'n wat Richtiges inteschenken hebben, behauptete
er, süs [1]) is't Hundsfötterie!

Am zufriedensten war er in dieser Hinsicht mit
seinem Freunde und Gevatter Denker's Hinnerk, der=
zeit Bürgermeister des Orts. Der hatte ebenfalls eine
rechtschaffene Branntweinskammer, was um so höher
zu schätzen war, als er selber keine Brennerei betrieb,
sondern seinen Bedarf vom Gevatter Husemann bezog.
Eigentlich hieß der Mann Heinrich Peck; da aber sein
Hof seit unendlichen Zeiten Denker's Stêe oder Den=
ker's Stelle genannt wurde, so sagte alle Welt nicht
anders als Denker's Hinnerk.

Mitunter hatte zwischen den beiden Freunden eine
gewisse Eifersucht bestanden. In der Jugend wollte
Jeder von Ihnen der Stärkste sein. Dann hatten
beide nach Fritzen Grêtlische [2]) „gefreit", bis Hein=

---

[1]) Sonst.
[2]) Margaretha=Elisabeth.

rich den Sieg davon trug. Später waren sie sich bei
den Bürgermeisterwahlen in die Quere gekommen ꝛc.
Indessen hatte schließlich Alles dadurch den besten
Ausgleich gefunden, daß Konrad die Bürgermeisterei
dem Freunde überließ und dieser Husemann's Ueber=
gewicht im Anorneren und Kummederen anerkannte.
Nur in einem Punkte konnten sie auch später noch
in Streit gerathen, nämlich darüber, wer von ihnen
den besten „Pommeranzen" anzusetzen verstehe. Da=
gegen waren sie in einer andern Sache seit Jahren
völlig einig: der Gevatterschaft sollte noch eine Ver=
schwägerung hinzutreten.

Husemann hatte einen einzigen Sohn Arnd, der
also der Anerbe des ersten Hofes im Orte war, Hein=
rich eine einzige Tochter, Namens Christine, die als
die reichste Erbin und zugleich als das schönste Mädchen
weit und breit betrachtet wurde. Es lag daher nahe,
daß die beiden Väter eine Heirath zwischen ihren
Kindern wünschten.

Zwar hatte sich Heinrich nach dem frühen Tode
von Christinen's Mutter wieder verheirathet; allein es
schien nicht, als wenn ihm noch der langersehnte An=
erbe geboren werden sollte. Die zweite Gattin war
wol noch jung, und er selbst konnte, wie Husemann

es ausdrückte, nog verdüwelt krusemirig [1] ût den
Ogen kiken; aber es war doch schon eine ganze Reihe
von Jahren vergebens gehofft worden. Allein wenn
auch die Hoffnung noch in Erfüllung gehen sollte, so
hatte Christine dennoch eine so bedeutende Mitgift zu
erwarten, daß sie immer eine höchst willkommene
Schwiegertochter blieb.

Eine Zeit lang schien es fast, als werde der
Wunsch der beiden Alten in Erfüllung gehen; wenigstens
hätte Arnd wol keine Einwendung erhoben. Dann
aber trat bei Christinen mehr ein Abwenden als Hin=
neigen hervor, und wenn Husemann den lieben Ge=
vatter drängte, die Sache zu fördern, so wußte dieser
in der Regel nichts Besseres zu erwidern, als zur Ge=
buld zu ermahnen. Met Gewalt is da niks te maken
Kunrad, sagte er kopfschüttelnd, wi mötet't aflueren!
De Deren het en Kop, just asse öre selige Meume,
de Grêtlische. Du hest se jo e kent. En kapetale
Wîf! awer'n Kop asse'n eiken Bred! Wen de nig
wolle, sau was er neine like Fôr me˙ te pleugen.[2]

Diese Versicherung war um so bezeichnender, als
Heinrich selber ein höchst eigenwilliger und starrköpfiger

---

[1] Munter, lebhaft, unternehmend, selbstbewußt 2c.
[2] So war keine gerade Furche mit ihr zu pflügen.

Mann war, der sein Dorfregiment mit gewaltiger Strenge zu führen wußte.

Als der Tag der Scheunenrichtung herannahte, nahm Husemann schon Abend zuvor den Bauplatz in Augenschein und überlegte, wo er Alles am Besten werde übersehen können. Am Morgen jedoch ließ er „etwas auf sich lauern." Er gefiel sich in dem Gedanken, daß man ihn und seine Anordnungen vermissen werde, trank erst gemächlich seinen Kaffe, nahm ein Stückchen Zucker mehr als gewöhnlich, zog sich halbsonntäglich an — blaue Tuchbeinkleider mit Knieschnallen, ein gleichfarbiges langes Kaput[1]) mit großen übersponnenen Knöpfen, eine dunkle, weißgeränderte Zipfelmütze 2c. — und schritt dann mit einer kurzen Pfeife im Munde voll strammer Würde langsam über die Straße, so daß die benachbarten Weiber sagten: Et is Husemann's Kunrad!

Als er auf dem Bauplatze ankam, war das Tagewerk schon ein gut Stück vorgeschritten. Husemann grüßte, sah Alles kurz an, nickte seinen Beifall, holte dann eine Pulle ordinêren Kôren herbei, nahm seinen Standpunkt ein und rief: Na, Kinners, 't is wol Tid, dat wi erst en Lütjen drinket!

---

[1]) Kamisol, oder kurze, fast bis auf die Hüfte reichende Jacke.

Ein allgemeines Juchhe war die Antwort; Jeder trat heran und leerte das wieder und wieder gefüllte Glas in einem schwungvollen Zuge oder auch in kurzen Absätzen oder mit bedächtiger Langsamkeit, je nach Neigung und Gewohnheit. Den Ersten trank Huse= mann gewöhnlich zu, indem er selber ein wenig nippte, und dabei prôst! oder pröstjen! sagte; immer aber hatte er eine freundliche Bemerkung oder ein Scherz= wort, zuweilen etwas derber Art, in Bereitschaft.

Nur Einer meldete sich nicht zum Trinken. Es war dies ein schmächtiger, blasser Knabe von etwa fünfzehn Jahren, der sich durch das Herbeitragen und Vertheilen von Nägeln ꝛc. nützlich zu machen suchte.

Als Husemann die Zurückhaltung des Jungen be= merkte, rief er ihn an: Na, Kröpel-Hans, wut du nig ôk en Drüppen¹)?

Der Knabe schüttelte schweigend mit dem Kopfe.

Awat!²) rief Husemann, dat Schüddeköppen³) gift neine Kraft! Wen du mêe helpest, sau most du ôk mêe drinken!

Ne, Vadder Husemann, sagte nun Hans, ek mag Brennewîn nig ruken!⁴) Als er aber bemerkte,

---

¹) Willst Du nicht auch einen Tropfen?
²) Ach was!
³) Kopfschütteln.
⁴) Riechen.

daß dies Geständniß einen sehr übeln Eindruck hervor=
brachte, setzte er klug hinzu: Awer et was gaud
Vadder, dat ji keimen! et geit dog glik ganz
anners! ...

Das gefiel denn dem alten Gevatter gar sehr, so sehr,
daß er den Jungen von nun an als eine Art Adjutanten
betrachtete, der ihm namentlich die Pfeife wieder in
Brand setzen mußte, wenn diese im Eifer des „Kom=
mandirens" ausgegangen war.

Hans war ein verwaiseter Halbbrudersschn des
Hausherrn, der das Kind früh zu sich genommen hatte
und bei sich aufwachsen ließ. Er hatte aber keine
rechte Freude an dem Jungen. Nicht, als ob dieser
bösartig oder unfolgsam und ungeschickt gewesen wäre;
im Gegentheil, Jedermann war in dieser Hinsicht sehr
zufrieden mit dem Knaben; allein er blieb schwächlich
und kränklich oder, wie man es ausdrückte, er senërte
un kwinte schon seit Jahren, und Niemand im Hause
traute ihm noch ein längeres Leben zu. Das aber
konnte der Oheim, dem stramme Körperkraft über Alles
ging, auf die Dauer nur schwer ertragen. Gesund
oder todt, dachte er; das ewige Kränkeln sei ja schauder=
haft! Und der arme Junge bekam noch den Beinamen
Kröpel dazu. Eine Zeit lang wurden erhebliche Sum=
men für allerlei Curen angewendet; als die aber nicht

anschlugen, wandte man sich von den „Dokters" zu den Schäfern und klugen Frauen und ließ endlich der Sache einfach ihren Lauf.

Ein besonderes Interesse nahm der Prediger des Orts an dem Knaben. So oft er mit einer alten Schwester, die der Frau Bürgermeisterin sehr zugethan war, einen Besuch auf „Denker's Hofe" abstattete, fragte er nach dem Hans.

Herr Pestôr! antwortete dann gewöhnlich der Dorfhäuptling, 't is niks met dem Jungen! Er is ganz aus die Art geschlagen!

Sie sollten den Hans eigentlich an Kindes Statt annehmen, sagte der Pastor einst, da Sie der liebe Gott doch nicht mit Söhnen gesegnet hat, so stürbe Ihr Stamm nicht aus, und . . .

Ihr Wort in Ehren, Herr Pestôr! unterbrach ihn Heinrich, Ihr Wort in Ehren! awer aus dem Kröpel werd mîn Lewe nein regelêr Stammhalter! Nümmermêr!

O, meinte der Pastor, der kann schon noch gesund werden! . . . Was wenden Sie denn jetzt für Mittel an?

Mittel? Ja, was soll man da Großens anwenden? Der Junge will jo nig!

Will nicht? wie so?

Ja, denken Se man! Die Dokters hatten ihm
doch Grause [1]) von Rêlken [2]) un Warmken [3]) zu trinken
verordnet, un da man nun in Harwest- un Wintertî'n
neine Grause machen kann, so hatte ich mit Vadder
Husemann awerlegt, daß wir ihm eine echte Pulle
met Warmken un Rêlken ansetzten; aber meinen Se,
der infamigte Bengel hätt's trinken wollen? Ne, neinen
Brannewîn un sau wat! awer na Zukker un Honnig,
da likkemület [4]) hei na!

Das war ganz recht von dem Hans, fiel da die
Schwester des Pastors ein; schämen Sie sich, Herr
Bürgermeister, den Knaben zum Branntweintrinken zu
verleiten! und gar Wermuth! . . .

Verleiten? . . . Ihr Wort in Ehren, Mamsell
Pestôr! und Wermuth . . . ich kann Sie sagen, so'n
Gläsken Warmken . . . wenn man zum Exempel so
das Kwubbern im Leibe hat, so is so'n Gläsken
Warmken sehr gut; und dann sollte Hans ja auch noch
Hundefett dazu nehmen . . .

Ach, geh'n Sie mir mit solchem Zeug! rief em=

---

[1]) Ausgepreßter Saft.
[2]) Schafgarbe, Schafrippen.
[3]) Wermuth.
[4]) Ist schwer zu übersetzen; etwa: nach Etwas ein Lecke=
mäulchen machen.

pört das alte Fräulein und lief davon, und der Bruder
folgte ihr mit den sanften Worten: So ganz Unrecht
hat meine Schwester nicht, mein lieber Herr Bürger=
meister!

Heinrich sah ihnen verwundert nach und schüttelte
das Haupt; aber Hans wurde nun doch nicht weiter
mit Branntwein gequält, und als bei der Haus=
richtung Husemann wiederholt versicherte, der Hans
sei ja ein ganz anstelliger Junge, bekam auch der
Oheim eine bessere Meinung von dem Neffen.

Hans mußte dem neuen Gönner schon zum dritten
Male eine Kohle holen, um die erloschene Pfeife wieder
in Brand zu setzen, so eifrig hatte sich Husemann
seiner Aufgabe gewidmet. Er fühlte sich dazu um so
mehr verpflichtet, als ihm einer der Zimmerleute,
welcher sehr abergläubisch war, mit allerlei Zeichen
und Besorgnissen aufgeregt und angesteckt hatte. Der
Mann hieß Frikke, ward aber gewöhnlich Hinkebein
oder Kulentrêer[1]) genannt, weil er in der Jugend zu
Fall gekommen war und davon ein verkürztes, nach
außen stehendes Bein behalten hatte.

Ji kônt't man löwen, Husemann, versicherte er,
et passêrt vandage nog wat! mi is ganz wunnerlig

---

[1]) In=die=Grube=Treter.

te Sinne! Un asse'k vermorgen mine Eksen ¹) nemen
wolle, do hat er'n grote Spinne uppe!
Ja wat scholl' er denn passêren, wenn wi alle
orrentlig uppasset? fragte Husemann.
En Unglükke, Husemann, en Unglükke! Knappe
was ek vermorgen achter'n Höwen²), do leip en
swarte Bolze³) awer'n Weg, un glik darup kam en
old Wif, dat mi glûpsch ankêk. Nu is mi'n ganzen
Dag sau selzen te Maue!⁴)
Hinkebein, du bist nig klauk! rief Husemann;
ek löwe, du denkst up sükke Wise nog en Extra-
Drüppen te krigen! awer darût werd Niks! Ek mot
seihn, dat ji alle orrentlig bi Verstanne bliwet.
Ach, min leiwe Vadder, wenn ji sau'n Drüppen
Wachollern oder Walnot för mi herren! . . .
Niks dar, Hinkebein, Na Middag kumt Kalmus,
da kriegst du einen, ôk wol twei. Aber nu an
dinen Platz! süh' just geit et an de Balken! . . .
Ah, upgepasset, Lüe! Nog en Strik, Diderich, et
könne riten! . . . De Forke⁵) is te kort, Hans-

---

¹) Axt.
²) Hinter den Höfen.
³) Kater.
⁴) Seltsam zu Muthe.
⁵) Heugabel.

hinnerk, nim den Füernaken!... En bêtjen mêr
na rechts, Krischân!...

So ging's fort was das Zeug halten wollte,
bis die Mittagszeit herankam. Dann setzte man sich
zu Tisch, der Großknecht sprach das Vaterunser und
noch ein kleines Gebet:

Komm, Herr Jesu, sei unser Gast,
Und segne, was Du uns bescheeret hast!

Und Jeder griff nun mit demselben Eifer zum Löffel,
wie vorher zum Handwerkszeug.

Nach dem Essen ward wiederum gebetet:

Danket dem Herrn! denn er ist freundlich und seine Güte
währt ewiglich, Amen!

Wir danken, Gott, für alle Gaben,
Die wir von Dir empfangen haben, Amen!

Nu, Kinners, latet ösch 'ne halwe Stunne dâl
bukken[1]), un den wêr an de Arbeit! sagte Husemann
und nahm selber den Faulstuhl in Beschlag. Doch
vergaß er nicht, zuvor Christinen einzuknüpfen, ihn
pünktlich zu wecken. Vergit et jo nig, mîn Deren!
de Spare[2]) werd uppebrocht un darbi darf ek nig
fêlen!

Christine versprach es hoch und theuer, und hätte
es doch beinahe vergessen. Als sie beim Aufwaschen

---

1) Zum Mittagsschlaf sich niederlegen.
2) Sparren.

war, kam Mäker's Dietrich dazu, um sich die Pfeife
anzustecken; und als sie ihm die Feuerzange reichte,
faßte er nicht bloß diese, sondern auch ihre Finger,
und das führte zu einem so langen und lebhaften Ge=
spräche, daß der Schläfer richtig vergessen worden
wäre, wenn nicht eine zufällige Störung an ihn er=
innert hätte.

Husemann konnte nicht umhin, der künftigen
Schwiegertochter mit dem Finger zu drohen; aber es
war „nicht böse gemeint." Dann eilte er an seinen
Platz; und zwar jetzt mit der Kalmuspulle.

Vörsichtig, Kinners! rief er. Upgepast Hinnerk! ... Nog en Strik! ... De Schlinge is te
lütj, Kunrad! ... Arnd, strammer angehâlt! ...

Dabei winkte er unaufhörlich mit der kleinen Pfeife
und kam so in Eifer, daß ihm unversehens die Kal=
musflasche entglitt, auf einen Stein fiel und krachend
in Stücke ging.

Oweih de Kalmus! schrie Hinkebein.

Sei's nun, daß auch Andere aufsahen und nicht
gehörig mehr bei der Sache waren, oder mochte ein
sonstiger Mißstand obwalten, kurz, es erfolgte ein
schwerer Sturz, der Zimmermeister rief: min Bein!
min Bein! und Mäker's Dietrich lag blutüberströmt
und besinnungslos am Boden.

Der Schrecken und die Verwirrung war grenzen=
los. Husemann vergaß alles Kummederen, und dem
Bauherrn ging's kaum besser. Das Anordnen schien
auf ganz andere Personen übergegangen zu sein.

Nim dat beste Pêrd, rief Hans dem Knechte zu,
un jage wat du kanst na de Stad un hale den
Dokter!

Von einer andern Seite stürzte Christine herbei
und übernahm die Leitung. Sie hatte vom Fenster
aus, von einem Rosenstocke verdeckt, Alles mit ange=
sehen. Als sie den Dietrich fallen sah, sank sie selbst,
wie mitgetroffen in die Knie; aber nur einen Augen=
blick! Dann sprang sie fort, tauchte Handtücher in
kaltes Wasser, legte sie auf die Wunden und forderte
die Umstehenden auf, den Verunglückten in's Haus, in
die nächste Kammer zu tragen.

Nu mot de Dokter hâlt[1]) wêren, rief sie.

De Knecht is al wege[2]), erwiderte Hans.

Dat was gaud van di, Hans! awer't duert lange
êr'he kumt. Lôp na de ole Büth'sche, se schölle
dog glik komen, ümm't Blaud te stillen!

Die „alte Büth'sche" war eine kluge, „künnige"

---

[1]) Geholt.
[2]) Schon fort.

Frau, die Ehegenossin des Zimmermeisters Büthe, der sie auf seiner Wanderung kennen gelernt und später heimgeführt hatte. Ihr Vater war Unterförster am Harz gewesen, ihre Mutter eine geborene Mecklenburgerin. Von Beiden hatte sie allerlei Fertigkeiten und Hausmittel erlernt, auch „Sympathien" und andere seltsame Dinge, vor Allem aber einen unerschöpflichen Vorrath von Putzen,[1]) Sprüchwörtern und eigenthümlichen Redensarten, zum Theil sehr derber Art, welche sie sämmtlich nach Zeit und Gelegenheit gut zu verwenden wußte.

Na, Kröpel, rief sie dem heranstürmenden Hans entgegen, wat it er lôs? du hachpachest ja ass'en Blasebalg[2]).

O, Mutter Büth'sche, et is schreklig! Komet glik mêe! ji mötet dat Blaud bespreken, segt Stinchen.

Das neuere und feinere „Mutter" klang der alten Frau gut in die Ohren; sie antwortete deshalb auch freundlicher als gewöhnlich: Ile met Wile, Kröpeling! Erst dau't Mûl up, Bengel, un vertelle! Blöt 't stark?

---

[1]) Schnurren.
[2]) Schnell und heftig athmen.

Ja, 't löpt man sau piperlings de Dünnegge[1])
hendal.

Un Schriet he, bölket[2]) he stark?

Ne, gâr nig! hei ligt, asse dôd.

Sau, sau, dat is slim! . . .

Als die Beiden in der Bürgermeisterei ankamen,
ward eben der Zimmermeister vom Hofe getragen, um
nach seiner Wohnung gebracht zu werden. Die Ehe-
hälfte ließ sich aber dadurch nicht abhalten, erst nach
Dietrich zu sehen. Ek hör't wol, de Kêrl kan nog
bölken, sagte sie, Unkrut vergeit nig!

O, Mutter Büth'sche, rief ihr Christine entgegen,
helpet, bespreket dat Blaud! hei sterft süs!

Dat sterft sek nig sau ligte, mîn Dêren!

Jung Blaud
Hölt lange gaud!

Um Gottes willen helpet! maket'n dog wêr le-
bendig!

Kind, wen he dode is, kan ek'n nig wêr le-
bendig maken. — „Dat woll' en schwâr Stük
Arbeit sîn, säe de Bok, do schöll' he lammen" —
awer Stining, min Dochting, wês man nig bange,
hei lewet jo nog!

---

[1]) Schläfe.
[2]) Schreit.

Es war sonderbar, die Frau hatte wol hundert Male alles Ernstes versichert, daß sie das Bluten stillen könne; jetzt aber, da schnelle Hilfe sehr nöthig war, hatte es fast den Anschein, als scheue sie vor ihrer Kunst zurück. Indessen Christine sowol, wie die inzwischen herbeigeholten Schwestern Dietrich's ließen nicht nach; das Beuten oder Besprechen mußte geschehen.

Frau Büthe schickte also alle Mannsleute fort, nahm aus dem Bettstroh einen Halm, schnitt denselben über einem Gliedknopfe ab, und eben so etwa zwei Finger breit darunter, machte in das Stück unter dem Knopfe eine Kreuzspalte bis auf den Knopf, zog die vier Theile auseinander und hielt sie auf die Hauptblut= stelle, indem sie leise die Beschwörungsworte aussprach, von denen sie aber fast Nichts als die Schlußformel: „im Namen Gottes, des Vaters" 2c. vernehmen ließ. Dann ging sie schweigend hinaus und Niemand durfte ihr folgen; auch erfuhr Niemand, was mit dem Stroh= stück geschah . . .

Als nach geraumer Zeit der Arzt eintraf und den Kranken untersuchte, erklärte er dessen Zustand für sehr bedenklich. Die angeregte Ueberführung desselben in das elterliche Haus untersagte er unbedingt und empfahl die höchste Ruhe.

Das klang denn nicht sehr angenehm für den Bürgermeister. Zwar dachte er nicht entfernt daran, daß sich zwischen dem Kranken und seiner Tochter ein Liebesverhältniß anspinnen werde — an so etwas konnte man ja gar nicht denken, denn Dietrich war nur einer der nachgeborenen Söhne eines kleinen Hof= besitzers und somit nicht viel mehr als ein armer Teufel. Aber Wochen lang einen Schwerkranken, vielleicht einen Sterbenden im Hause zu haben, und dabei den unvollendeten Bau stets vor Augen — es war zum „Tollwerden"... Wenn sich noch Einer ge= funden hätte, das Werk fortzuführen! Aber der Einzige, der es gekonnt hätte, Frikke, steckte voll abergläubischer Scheu. Nig för'n Anker Kalmus! rief er, da mot erst en Gewitter awerhentein!...

Dietrich lag lange Zeit bewußtlos. Als Fieber eintrat, wurde die alte Büth'sche wieder zu Hilfe ge= rufen, welche dies Mal mit einem Ekkerndop [1]) ihren Hokuspokus machte:

Ekkern ût'n Doppe!
Feiwer ût'n Koppe! etc.

Bâtet' [2]) nig, sau schad't't nig! dachte Christine.

Endlich traten Zeichen der Besserung ein. Eines

---

[1]) Eichelhülse.
[2]) Hilft's nicht.

Abends war die eine Schwester Dietrich's fortgegangen, die andere noch nicht eingetroffen. Christine saß in der Nähe und strickte.

Wie der Kranke wol aussieht? dachte sie und schob den Krüselhaken [1]) so, daß sie das bleiche Ge=sicht einen Augenblick näher betrachten konnte. Da schien es ihr, als ob die Lippen sich bewegten . . .

Ob he drömt? dachte sie; wat he wol segt? Ob he baset? [2]) Sie schob das Licht wieder zurück und hielt das Ohr dicht an die Lippen.

„Stînchen" . . . Sie schrak zurück.

Auf einmal schlug der Kranke die Augen auf und sah sie starr an . . .

Du, Stînchen? rief er.

Stille, Diderich! du most dek ganz stille holen, segt de Dokter, ganz stille!

Awer, wo kumst du her, Stina?

Stille, Diderich! du bist jo bi ösch, in miner Kamer! . . .

Aber kaum waren die Worte heraus, so stockte sie, ward blutroth und wäre gern davon gelaufen . . .

---

[1]) Eine drehbare Vorrichtung zum Tragen einer Hänge=lampe.
[2]) Irre redet?

Allein, verlaſſen durfte ſie den Kranken doch nicht!
und ſie fühlte ſich ja auch ſo glücklich, ſo zufrieden!...
Sie ſank in die Knie und betete.

Dietrich ſuchte nach ihrer Hand. Sie gab ſie ihm,
damit er ſich nur ſtill verhalten ſolle.

O Stînchen!

Stille, Diderich! ek weit al, wat du seggen
wut! Most awer ganz stille wesen, segt de Dokter.
Ja, Stînchen, bist du mi den gaud?
O al lange Diderich, wiss' un wahr![1] Awer
uu stille!

Dietrich wollte ſich aufrichten; aber ſie ließ es
nicht zu. Krigst ôk en Kus, Diderich, wenn du stille
ligst! uu mine Hand schast du ôk beholen.

So hielt er die Hand feſt und war bald glück=
ſeligen Antlitzes eingeſchlafen.

Als die Schweſter eintrat, merkte ſie wol, wie die
Sachen ſtanden. Eine Zeit lang ſaßen die beiden
Mädchen ſtumm bei einander; dann fielen ſie ſich um
den Hals und Dôrdjen ſagte weinend: O Stina, wat
schal darvan weren? Diderich is en arm Junge, un
du bist de rîkste Dêren in Dörpe!

Deit niks, Dôrdjen, ek wil'n dog hebben!

---

[1] Gewiß und wahr.

Awer din Vâr, Stînchen, de gift dat min Dage
nig tau.

'Deit niks! ek wil Diderich dog hebben!

Die Genesung des Kranken schritt nun rasch vor=
wärts. Auch Büthe war so weit hergestellt, daß er
mit Hilfe einer Krücke den Bauplatz besuchen und das
Nöthige leiten konnte. Aber auf den Giebel zu klettern
und den üblichen Zimmerspruch zu halten, das war
noch unmöglich. Und gleichwol sollte eine feierliche „Haus=
richtung" Statt finden; und doch drängte die Zeit,
wenn die Scheune noch vor den Herbst= und Winter=
wettern unter Dach kommen sollte.

Endlich wurde beschlossen, den Hinkebein als
Redner auftreten zu lassen. Christine versuchte zwar,
mit Rücksicht auf Dietrich, die Festlichkeit noch hinaus=
zuschieben; allein ihr Vater donnerte: De Schüne
schal ünner Dak! Basta! Und wenn Heinrich so rief, dann
half keine Einwendung mehr. Man ging also schwei=
gend an die Vorbereitungen zum Feste.

Frikke lieferte dat Ref zum Kranze, wie er's
nannte. Es bestand aus einem durchkreuzten Stabe
mit mehreren Tonnenreifen in Gestalt eines Zucker=
huts, und war so eingerichtet, daß es auf der Spitze
des Giebels leicht befestigt werden konnte. Bei der

Ausschmückung wurde zunächst Alles mit grünem Ge=
zweig umwunden; dann erhielten Blumen und Schleifen
und Flittergold eine reichliche Verwendung; zuletzt
wurden Bänder und kleine Tücher von den jungen
Mädchen, welche sich am Aufputzen betheiligten, ange=
bracht, namentlich an den untersten Reifen.

Abends ward der Kranz nach Husemann's Hause
gebracht, von wo andern Tags der Festzug ausging:
Voran die Musik, dann der Kranzträger, dann die
Bauleute, Jeder mit einem Rukebusche oder mit
einem Rosmarinzweige geschmückt, Büthe und Frikke
mit Sträußen an den Hüten und alle mit Bändern
an den Werkzeugen u. s. w.

Der Kranzträger wurde herkömmlich von den
Zimmerleuten aus ihrer Mitte bestimmt und erhielt
ein schönes Halstuch, das am Stiel des Kranzes be=
festigt ward. Als eine besondere Ehrenbezeigung galt
es, wenn der Erwählte einen Andern an seine Stelle
treten ließ. Dies Mal ward dem Sohne Husemann's
eine solche Auszeichnung zu Theil; allein letzterer war
im Grunde des Herzens nichts weniger als erfreut
darüber; denn es ward dadurch sein Plan, daß Arnd
mit Christinen gehen und sonach ihr Haupttänzer werden
sollte, vernichtet.

Desto vergnügter war Christine. Auch der Küster

lächelte erfreut. Er war, obwol schon bejahrt, noch
sehr kwikstêrtig, [1]) wie die jungen Burschen es aus=
brückten, und liebte es, bei guter Gelegenheit einer
hübschen ehemaligen Schülerin etwas den Hof zu
machen. Voll Freudigkeit und mit großem Bewußtsein
ging er auf Christine zu, empfing aber ein kurzes Nein:
dat wolle sek dog nig recht passen! sagte sie schalk=
haft, ek mot dog bi minen Kranken bliwen! Damit
suchte sie Dietrich auf und gab diesem die Hand, und
Küster und Vater Husemann schauten giftig drein.

Auf der Baustelle warb ein Choral gespielt und
Arnd und Frikke stiegen auf das Giebelgerüst und be=
festigten den Kranz. Dann nahm Frikke den Hut ab
und begann seinen Spruch oder vielmehr erst die Ein=
leitung:

Hier steh' ich, werthe Freunde und Herren,
Das heißt nicht ich; denn nicht gern
Steht unten der eigentliche Zimmermeister
Mit seiner Krücke, Büthe heißt er,
Und müßte eigentlich hier oben steh'n;
Dieweil er aber nicht kann steigen und geh'n,
So bin ich gestiegen, wie hier zu seh'n,
Und sage: Heil, daß er noch lebt!
Und daß auch Dietrich's Blut nicht mehr klebt
An Holz und Kopf so schrecklich zu sehn;
Ich seh' ihn da unten bei Stinchen stehn! ...

---

[1]) Kwikstêrt, Wipstêrt, Bachstelze.

Eigentlich hatte diese Stelle, welche genau mit Büthe überlegt worden war, blos heißen sollen: „da unten stehn!" Als aber Frikke die Beiden zusammenstehen sah, änderte er, wie er nachher mit großer Befriedigung erzählte, stantepê den Vers und erregte damit nicht wenig Bewunderung. Nur Husemann und der Bürgermeister waren davon wenig erbaut. Teuf, Schubbejakke, brummte jener in den Bart, du krigst neinen duwwelten Kalmus! Und an den Augenbrauen ihres Vaters merkte Christine, daß diesem auch Etwas nicht recht war, und ging, nachdem Frikke wieder begonnen hatte, unvermerkt auf einen andern Platz.

Der eigentliche Zimmerspruch war das Eigenthum Büthe's; dieser hatte denselben auf seinen Wanderungen nach mündlichen und schriftlichen Überlieferungen gesammelt und zu einem Ganzen vereinigt, das schließlich etwas lang gerathen war. Frikke fuhr also fort:

> Meinen Dienst und Gruß zuvor, geehrte Herrn und Leute,
> Die hier unter mir stehen und sehen heute,
> Daß dieser Bau, den wir haben gemacht,
> Dem Höchsten sei Dank! ist glücklich zu End' gebracht.
>   Hier bin ich herauf geschritten,
> Hätt' ich ein Pferd gehabt, wär' ich geritten,
> Weil ich nun aber hatte kein Pferd,
> So ist's auch nicht viel Sagens werth.

Alle Fürsten, Grafen und Herrn
Die das Zimmerhandwerk nicht können entbehr'n:
Und alle die hier versammelt sein;
Frauen und Jungfern groß und klein,
Sollen von mir gegrüßet sein,
Meinet' ich den Einen und Andern nicht,
So wär' ich kein rechtschaff'ner Zimmergesell nicht.
    Was soll ich denn nun fangen an
Vor Allen, die da unten stahn?
Ich bitt' euch, hochgeehrter Bauherr mein,
Ihr wollt ein wenig stille sein,
Und meinen Wort' recht hören zu,
Was ich nun weiter sagen thu.
Ich bitt' euch, ihr Herren, ihr wollt' nicht lachen,
Wenn ich meine Worte nicht recht sollte machen;
Denn gestern Abend, als ich wollte studiren,
Da thaten mich die schönen Jungfern exiren,
Da ließ ich mein Studiren sein,
Und ging zu der Jüngsten in die Kammer hinein,
Allwo ich die ganze Nacht bin gesessen,
Und mein Studiren ganz und gar vergessen.
    Wir haben durch Gottes Güt' und Macht
Diesen Bau auf's Beste in Stand gebracht,
Er ist wohl versehen mit Schwellen und Pfosten;
Es wird unserm Bauherrn eine Mahlzeit kosten.
Bauherr, ich frage ihn aus frischem Muth,
Wie ihn dieser Bau gefallen thut?
Meister und Gesellen haben keinen Fleiß daran gespart;
An diesem Bau ist Alles wohl verwahrt,
An diesem Holz und Arbeit, wie man sieht,
Daran ist gar kein Mangel nicht.

    Weil nun der Bauherr selbst thut seh'n,
Daß dieser Bau ganz wohl thut steh'n,
So bitt' ich noch einmal, ohn' Beschwer'n,

Ihr wollt mir ein wenig zuhör'n:
Herr Gott, du Schöpfer aller Welt,
Der durch seine Macht Alles erhält,
Du wollest diesen Bau erhalten in Gnaden.
Bewahr'n für Feuer und andern Schaden,
Für Hagel und großem Ungewitter,
Das er nicht falle darnieder,
Du woll'st segnen dieses Haus,
Und die da gehen ein und aus!
Woll'st auch unserm Bauherrn geben
Ein gesundes und sehr langes Leben!
Auch sein Weib und all' sein' Kind'
Und Alle die ihm angehörig sind.
Gott segne sie zu jeder Zeit,
Und nachmals dort in Ewigkeit!
Nun wünsch' ich unserm Bauherrn ein fett' Rind
Und der liebwerthen Baufrau ein Kind
Und der Tochter zwei und ihrer Magd drei,
So giebt's ein ganzes Hausgeschrei.

Dieser Bau ist gemacht von Riegeln und Pfosten,
Es wird unserm Bauherrn ein gutes Trinkgeld kosten.
Eintausend Thaler wäre nicht zu viel,
Zweitausend wäre das rechte Ziel,
Wenn er uns aber fleißig thut bieten,
Sind wir mit dreitausend Thaler auch zufrieden;
Kann es aber nicht sein, so falle dieser Bau wieder ein,
Wenn ich werde wieder herunter sein.
Nun laßt unsern Bauherrn auftragen
Etwas Gesotten und Gebraten,
Weißbrod, daß es übrig bleibet,
Schweinefleisch, daß der Tisch sich beuget,
Wein und Bier, daß es ein Mühlenrad treibet,
Schön' Jungfern, das da die Zeit vertreibet,
Ein Spielmann, der muß auch da sein,

Desgleichen Muskatelerwein.
Gute Freunde und Branntewein
Müssen auch bei dieser Mahlzeit sein,
Und wenn sich Einer untersteht die Zeche zu machen,
So wollen wir ihn schlagen, daß ihm die Rippen krachen.

Ein Zimmergesell bin ich genannt,
Ich reise Fürsten und Herrn durch's Land,
Dieselben mit Fleiß recht zu beseh'n,
Daß ich einmal auch möchte besteh'n.
Wenn ich hätte aller Jungfern Gunst,
Und aller Meister ihre Kunst,
Und aller Künstler ihren Witz,
So wollt' ich ein Haus bauen auf eine Nadelspitz,
Weil ich dasselbe nicht wol thun kann,
So muß ich bauen auf einen guten Plan.
Wer da will bauen auf Gassen und Straßen,
Der muß einen Jeden können reden lassen.

Darauf schmeckt mir ein Gläslein Wein,
Kameraden, schenkt mir ein's ein!
Bauherr, ich trinke euch aus Liebe und Lust,
Nicht aus Hunger oder auch großem Durst,
Sondern aus Liebe und Freundlichkeit,
Auf unsers . . . . . . [1]) Gesundheit.
Jetzt trink' ich über euch Allen;
Gebt acht, das Glas wird herunter fallen!
Hinunter ist's gefährlich,
Und herauf ist's beschwerlich,
Ich will mich hieraus bedenken,

---

[1]) Königs, Kurfürsten, Herzogs 2c. je nachdem der Titel des Landesherrn lautet. Neuerdings wird meist der Kaiser eingeschoben oder auch ein Zusatz gemacht: „Und unsers Kaisers Tapferkeit;"

Und dieses Glas hinunter schwenken.
Ein Zimmergesell bin ich genannt,
Diesen Strauß hab ich in meiner Hand,
Welcher ist so hübsch und fein,
Dazu auch Rosmarien fein;
Daran steckt auch ein Blümlein gut,
Das dienet mir auf meinem Hut ...
Jetzt thu' ich mich noch Eins bedenken
Und diesen Strauß hinunter schwenken.
Vor etlichen Wochen haben die Vögel darauf gesungen,
Sowol die Alten wie die Jungen.
Potztausend ich hätte bald vergessen,
Die schönen Jungfern einzumessen,
Die Jungfern, die den Branntwein trinken,
Und den Junggesellen mit den Augen winken ...
   Diesen Spruch habe ich bekommen im Lande Sachsen,
Wo die schönen Mädchen auf den Bäumen wachsen.
Hätt' ich doch daran gedacht,
So hätte ich meinen Kameraden zwei oder drei mitgebracht.
So habe ich mich eines Andern besonnen,
Und dachte, es seien hier auch welche zu bekommen.
Wenn ich könnte krähen wie ein Hahn,
Schwimmen wie ein Fisch und Schwan,
Und lieben wie ein Spatz,
So wär' ich aller Jungfern ihr Schatz;
Weil ich aber dasselbe nicht kann,
So will ich auch nur eine han.

   Ich bin gereist im Lande Oesterreich,
Da hab' ich gemacht sieben Meister reich.
Der erste ist gestorben,
Der andere verdorben,
Der dritte hat müssen sein Haus verkaufen,
Der vierte hat müssen gar entlaufen,
Der fünfte hat Nichts überall,

Der sechste liegt im Hospital,
Der siebente sitzt in Venedigs Krautgarten,
Und will die Andern auch vollends erwarten.

Ich bin gereiset durch's ganze Land Hessen,
Da gibt's große Schüsseln und viel zu essen[1]),
Gutes Bier und wohlfeilen Wein,
Wer wollte im Hessenlande nicht sein!
Wenn das Obst thut wohl gerathen,
So haben sie genug zu sieden und zu braten.

Bauherr, hab' ich nicht recht gesprochen,
Gebt mir das Fleisch, behaltet die Knochen!
Nun gehet nach Haus,
Und bleibet nicht lange aus!
Ein Jeder stecke ein stumpfes Messer ein,
Es wird hier was besonders sein.

Wer über diesen Bau hat Hohn und Spott,
Der stecke seine Nase in's —
Oder stoße den Kopf an die Wände!
Nun hat der Spruch ein Ende.

Bei den Schlußworten schwenkte Frikke unter dem
Gejubel der Festgenossen und der Kinder des ganzen
Dorfes den Hut, setzte ihn stolz auf's rechte Ohr und
stieg herab, während Arnd, sein Tuch um den Hals
windend, die größeren Schmuckstücke unter die Zuschauer
warf, von denen natürlich die jungen Burschen bestrebt
waren, Dasjenige zu erhaschen, worauf sie besonders
Werth legten.

---

[1]) Nach einer anderen Lesart „wenig zu essen".

Dann wurde gegessen, getrunken und getanzt bis zum andern Morgen und am Nachmittag das Fest von Neuem begonnen. Beim Essen hatte Jeder für Löffel und Messer selbst zu sorgen; nur der Küster und der Vogt erhielten Messer, Gabel und Teller; dafür hatte der Küster vor und nach dem Essen zu beten, was er mit „vieler Würdigkeit" vollbrachte. Der Pastor hatte sich wegen Unwohlseins entschuldigen lassen.

Dietrich's Lage war etwas peinlich, da er weder tanzen noch trinken durfte; doch wußte ihn Christine durch ein paar verstohlene Freundlichkeiten zu entschädigen. Er spielte, wie man sagte, den Fibelkwintigen: er suchte sich unvermerkt dem Bauherrn zu nähern und wußte dann über die gute Einrichtung der neuen Scheune und über den Witfaut [1]), den Heinrich aufge= zogen hatte, so viel Kluges und Verbindliches zu sa= gen, daß dieser, der schon stark in's Glas gesehen hatte, ganz angenehm davon berührt wurde und beinahe laut gedacht hätte: Schâe[2]), dat de Bengel nig en Hof oder'n regelêr Stük Geld het! Als aber dann Christine herbeikam und Allerlei zu fragen hatte und nun Dietrich auch mit einreden wollte, da sah ihn der

---

1) Weißfuß, Pferdename.
2) Schade.

Bürgermeiſter in einer Weiſe an, die klar zu ver=
ſtehen gab: Min Junge, du vergisst wol, wên du
vör dek heſt!

—————

Allmälig kamen Herbſt und Winter heran. Das
junge Volk fand ſich des Abends in den Spinnſtuben
und beim Apfelſchälen zuſammen. Auch Dietrich und
Stina wußten ſich einige Male zu treffen; aber das
genügte ihnen nicht, und an Beſuche Dietrichs in der
Bürgermeiſterei war gar nicht zu denken. Da ermit=
telten ſie einen Ausweg.

Zwiſchen Scheune und Stallgebäude befand ſich
ein enger Raum, der nach dem Garten zu mit einem
Brett abgeſchloſſen war. Doch hielt der untere Nagel
nicht mehr; das Brett ließ ſich zur Seite ſchieben und
gab dann unten Raum zum Durchſchlüpfen. Hierher
ſchlich ſich Dietrich in dunkler Abendſtunde und harrte,
bis Chriſtine vom Hofe her ſich einfand. Dann wurde
auch ein Brett der Scheunenwand beweglich gemacht
und ſo eine behagliche Stelle im Strohgefache her=
geſtellt.

Dat wören glüklige Stunden! So verſicherten
Beide noch, als ihre Häupter längſt ergraut waren.

Aber erst folgten viele schwere und bittere Stunden! Christine ward still und traurig . . .

Der Erste, dem die Veränderung in ihrem Wesen auffiel, war Hans.

Zwischen den Beiden bestand ein wunderliches Verhältniß, und es ward in Kürze noch wunderlicher. Christine bemutterte gleichsam den bedeutend jüngern Vetter und sorgte und stritt für ihn, wenn Andere ihn vernachlässigten oder ihm zu nahe traten. Hans vergalt das mit dankbarer Anhänglichkeit und Treue und fühlte gegen das schöne Mädchen eine Neigung, die er nicht näher zu bezeichnen wußte und von deren Innigkeit auch Christine keine Ahnung hatte.

Eines Tages traf er sie allein und bemerkte ihre verweinten Augen. Nachdem er sie eine Zeit lang still und eindringlich betrachtet hatte, faßte er sich ein Herz und sagte innig: Stinchen, du bist faken[1]) sau bedreuwet, wat hest du? Segge t mi! du kanst mi truen!

Das Mädchen sah den noch knabenhaften Vetter schweigend in die treuherzigen Augen und fing wieder an zu weinen. Ja, Hans, sagte sie zuletzt, du bist

---

[1]) Oft.

trûe! ek weit ôk, dat du't gaud meinst... O Hans,
ek bin sau unglüklig!...

Da liefen auch ihm die Augen über.

Ja, wen ek man dode wöre! fuhr Christine fort,
die dem Drange folgte, ihr Herz zu erleichtern; ja
wen't man ... O Gott, ek mag et nig seggen.
Kum dar achter't Hûs, dat ösch Nömst ¹) höret!

Hans war todtenbleich geworden und sah das
geängstigte Mädchen mit tiefster Betrübniß an. Da
faßte sie ihn plötzlich bei der Hand und raunte ihm
in's Ohr: ek wil en Kind!

Wenn ein Blitzschlag neben ihm in die Erde ge-
fahren wäre, hätte Hans nicht erschrockener dastehen
können. Die Worte: se wel en Kind — hatte er
wol hundert Mal in der unbefangensten Weise aus-
sprechen hören; aber sie waren ihm niemals besonders
aufgefallen. Jetzt klangen sie ihm so eigenthümlich
und Alles war so beängstigend ... Als er sich zu
einer Frage ermannte, lief das Mädchen mit den
Worten fort: vernabend!²) nu kan ek't nig seggen.

Aber am Abend kam es zu einer Unterredung
nicht mehr.

¹) Niemand.
²) Heut' Abend.

Der Bürgermeister hatte einen Ausgang gemacht und war auf dem Heimwege, als ihm ein kleiner, untersetzter Mensch entgegentrat, der ihm wegen einer früheren Züchtigung den giftigsten Haß nachtrug.

Na, Hinnerk, rief derselbe spöttisch, wat gifst du mi, wen ek di wat Rares vertelle? .. Ja, ja, · et was di en Lichtes, mi an den Tûn te smiten, awer düt schal di wol nig sau lichte vörkomen! Ek herre't di al freuer seggen können, den ek bin dem Diderich en pâr Mâl na e sleken, awer ek wol't erst afflueren; nu schast't hören: 't is met jue Stina nig richtig!

Heinrich sprang auf den Menschen zu; allein dieser rannte davon. Doch genügten wenige Sekunden, um ihn einzuholen, und er warb dann mit solcher Gewalt erfaßt und zu Boden geschleudert, daß er wie tobt da lag und erst nach geraumer Zeit wieder zur Besinnung kam.

Heinrich kümmerte sich darum nicht. Wie ein Wüthender flog er auf seinen Hof, in sein Haus, wo eben die kleine Frau mit einem Licht stand und ihn entsetzt heranstürmen sah.

Um Gottes-Jeses willen! rief sie, Hinnerk, wat sühst du sau vergrelt üt? wat is er schein?[1]

---

[1] Geschehen.

Wat er schein is? brüllte Heinrich . . . Wo is
de schlechte Balg? wo is de —

Zum Glück stand Christine in der Nähe einer
kleinen Seitenthür. Erst war sie wie angewurzelt;
dann, als der Vater mit seinem Stocke auf sie zu=
fahren wollte, sprang sie durch die Thür, flog um das
Haus herum, durch den kleinen Gang in den Garten,
und rannte dann hinter den Höfen hin, bis sie athem=
los und erschöpft an einer dicken Hecken=Hucht wie ohn=
mächtig niedersank.

Ein scharfer Nordost brachte sie wieder zum vollen
Bewußtsein ihrer Lage. Wohin sollte sie nun? was
sollte aus ihr werden?

Wol fielen ihr Dietrich's Eltern und Schwestern
ein; aber nein, das war ihr unmöglich, sie hätte sich
todtgeschämt . . .

Endlich kam ihr „Kösters ole Mutter“ in den
Sinn, die von jeher freundlich und liebreich gegen sie
gewesen war. Wenn das kleine snikkere[1]) Ding
vordem die Schulstube verließ, dann wurde es noch
in das Wittwen=Zimmer gerufen, um mit einem ge=
bratenen Apfel oder mit Nüssen und dergleichen be=
dacht zu werden. Dafür kam dann Stinchen zu Weih=

---

1) Zierlich=anmuthig=sauber.

nachten oder am Geburtstage oder bei einer sonstigen
Gelegenheit mit einer Wurst oder einem Körbchen mit
Eiern; und so hatte sich zwischen der steinalten Frau
und dem blutjungen Mädchen eine rührende Freund=
schaft und Anhänglichkeit gebildet.

Zum Glück war die Alte noch nicht zu Bett.
Christine klopfte an den Fensterladen und gab sich zu
erkennen: O Grossmutter, um Gottes willen, maken
Se mi lise de Dör up!

Das geschah denn, und das arme Mädchen wäre
wol auf der Schwelle zusammengesunken.

Gerechter Gott, Stinchen, wo sühst du ût!
Wat is di? wat bedüt dat?

Ach Grossmutter, ek kan't nig seggen . . .
Und sie konnte es wirklich nicht sagen, so bitterlich
weinte und schluchzte sie.

Die alte Küstorswittwe war eine zu erfahrene
Frau, als daß sie nicht bald auch ohne Erzählung be=
griffen hätte, wie die Sachen standen.

Na, si man stille, mîn arme lütje Stina! Kum,
ga in mîn Bedde liggen! du bist jo ganz verklâmt![1]
Ek wil Kaffe maken, un den wil wi de Sake
öwerleggen!

---

[1] Durchkältet, erfroren.

Das geschah denn; aber alles Ueberlegen und alles Jammern brachte keine tröstliche Lösung. Endlich fielen der alten Frau die Augen zu. Sie machte sich ein Lager, verwies Christine auf morgen, betete laut und war sofort eingeschlafen. Sie schlief den Schlaf der Gerechten.

Christine betete auch; aber Schlaf kam nicht in ihre Augen. Sie gedachte der todten Mutter: wie anders würde Alles gekommen sein, wenn die noch gelebt hätte! O Meume¹), Meume biddet för mi! .. O Gott, wo schal ek hen? wat schal ek anfängen?

So ging das die ganze Nacht hindurch. Und die Nacht war so lang! so lang!

Eben so schlaflos lag der Vater. Er hatte wuth=schnaubend seine Verfolgung aufgegeben, Alles zer=schlagen, was ihm in den Wurf kam, und sich zuletzt laut stöhnend auf den Faulstuhl geworfen; Niemand wagte, sich ihm zu nähern, nicht einmal seine Frau. Als die Anderen aufstanden, legte er sich zu Bette, riegelte die Butzen=Thüren²) fest, und gab auf Nichts

---

¹) Mutter.
²) Butze ist eine enge Schlafkammer oder Schlafstelle; die Oeffnung zum Einsteigen wird durch Schiebe=Thüren geschlossen.

Gehör; es war, „als läge ein Todter im Hause", er=
zählte nachgehends die kleine muntere Frau, die ganz
ihre Krögeligheit verlor. Auch Hans kam aus dem Geleise. Er besuchte
zwar die Privatstunden, die ihm der Oheim beim
Küster noch geben ließ, allein an rechte Aufmerksamkeit
war nicht zu denken, und der Lehrer selbst hatte mehr
die einstige Schülerin und ihren Geliebten im Kopfe,
als seine gegenwärtigen Schüler.

Als Hans heimkehren wollte, rief ihn die alte
Großmutter, wie sie allgemein genannt wurde, in ihr
Stübchen und theilte ihm mit, wo Stinchen sich be=
fand. Kum vernabend wêr! awer most tau Nömst
wat seggen! Das versprach er mit großer Bereit=
willigkeit, und kam nun so aufgeräumt nach Hause,
daß es der kleinen Bürgermeisterin auffiel: Junge,
schämst du di nig, dat du sau lustig bist?

Aber Hans machte ein Gesicht, als wenn er sagen
wollte: ek weit't beter!

Kröpel-Hans, rief die Base, Junge, du weist
wat! Wo is Stinchen?

Hans schüttelte schweigend das Haupt, sah dabei
aber so listig aus den Augen, daß die stille Verneinung
mehr zu einer sprechenden Bejahung wurde.

Verdamte Junge, wut du mi tau'm Besten

hebben! rief die Base und griff zu einem derben
Stocke, teuf¹), du balstürige Dikkebrat, ek wil di't
Mûl upmaken.

Hans sprang ihr aus dem Weg und hielt sich in
sicherer Entfernung.

Kröpel, wut du glîk hierher!

Gêrn, Fîkwêsche! Awer et is mi dat ver-
dächtig; legget erst den Stok weg!

Die kleine, lustige Frau mußte lachen. Na, Hans,
Galgenstrik, kum man her! Süh, de Stok is al
wege! Nu segg't mi, oder weist du Niks?

Dog, Fîkwêsche, ek weit alles, un ji schölt't
ôk erfaren, awer nog draf ek't nig seggen.

O Hans, mi kanst du't wol seggen; ek meint
jo gaud met de Deren.

Ja, dat weit ek, Fikwêsche! awer ek hebbe't
verspraken.

Ach, mi allene kanst du't wol seggen! Ek
gewe di ôk en Stük Honnigschaten.²)

Das war denn nun eine starke Versuchung für
Hans „sine seute Lekkertunge;" aber zum Glück fiel
ihm ein, daß der Ohm nicht leicht den Schlüssel zur
Branntweinskammer aus der Hand gab und er fragte:

¹) Wart'!
²) Honigwabe.

Ja, hebbe ji den ôk den Slötel, Fikwêsche?

Den wil'k wol krigen, sagte lachend die kleine Versucherin.

Na, den kriget'n man est, Fikwêsche! Und damit lief er fort, und begab sich später auf weiten Umwegen in's Küsterhaus, um nicht Verdacht zu erregen.

Es überkam ihm ein seltsames Gefühl, als er so das schöne Mädchen fand . . . Wäre Dietrich da ge= wesen, er hätte ihm den Hals umdrehen können . . .

O Hans, rief ihm Christine entgegen, und fing bitterlich an zu weinen.

Hans konnte auch Nichts hervorbringen, als „Stinchen" . . .

Endlich fragte er: Ja, wo is den dat alle sau komen?

Dat kan ek di nig sau seggen, Hans; awer eint wil ek di seggen: Hans, ga min Dage nig tau'n Deren!

Hans wollte gerade der Sache noch etwas weiter nachfragen, als die alte Großmutter eintrat. Nun saßen die beiden vor dem Bette der Halbkranken und alle drei weinten und berathschlagten um die Wette.

Endlich rief Hans: Ek weit et, de Pestôr mot helpen! Und da die beiden Anderen auch nichts Besseres wußten, so wurde beschlossen, die Hilfe des Geistlichen

anzusprechen, und zwar sollte Hans die Sendung über=
nehmen. Du bist zwarst nog jung, sagte die alte
Frau, awer du bist dog en klauk Junge, un wîl
de Pestôr ôk klauk is, sau werd hei wol Alles
richtig inseihen.

Als Hans am andern Tage zu dem alten würdigen
Manne kam, war dieser schon ziemlich genau unter=
richtet.

Der Pastor war nicht verheirathet, sondern lebte
mit der Schwester, die wir schon früher kennen gelernt
haben. Und diese Schwester hatte eine alte Magd,
Trine geheißen, die wir noch kennen lernen müssen.
Beide hatten den Fall schon reiflich besprochen. Die
Magd war nämlich mit dem „dûknakkigten Kêrl,"
den der Bürgermeister zu Boden geworfen hatte, zu=
sammengetroffen und hatte von diesem Alles erfahren,
was er wußte und nicht wußte. Und Trine verfehlte
natürlich nicht, ihre Gebieterin von Allem in Kennt=
niß zu setzen, was sich begeben und nicht begeben hatte.

Sie können's glöben, Mamsell, et is sicher, Tenker's
Christine will en Kind.

Will ein Kind? Was du da schwätzest, Trine! Was
will Christine denn mit einem Kinde? Junge Frauen
wünschen sich wol Kinder, aber unverheirathete
Mädchen . . .

Verheirathet oder nicht, Mamsell! Das sünt natür=
liche Dinge, sagte der Dokter in Hannover; auch bei's
ledige Volk nömmen sie das hier „Kinderwollen", und
das Kind ist doch einmal da!

Ist da? Allmächtiger Gott, du bist wol dörlich![1]
Wo ist es denn? hast du's schreien hören?

Na schreien! Es wird unter solche Nemmestänne
nicht gleich geschrieen; Alles will seine Zeit haben,
sagte der Dokter in Hannover!

Ja,'wer ist denn der Vater?

Na, der gefallene Dietrich werd's wol sin, Mäker's
Diderich.

Und das Alles hast du richtig gehört?

Ja, der Dûknakkigte hat mich's in Nêrendörpe
Alles haarklein verzählt. Sie können's glöben, Trine,
sagte er, et is so.

O die Menschen! . . . wie kann das nur Alles so
sein, Trine? Wie wird sich der Pastor grämen, der
gerade für Sonntag stubirt!

Ja, das is der Welt Lauf, sagte der Dokter in
Hannover. Und Mädchens, sagte mein Vater seliger
in Hannover, Mädchens, wahret euch für die Offenciers
und für die Schuhspielers!

---

[1] Nach dem plattdeutschen dörlk gebildet, für: nicht recht
klug, verrückt 2c.

Schuhspielers? fragte die Mamsell verwundert.

Ja, Offenciers und Schuhspielers; aberst hier gibt es ja freilich keine solchen nicht.

Schuhspielers? fragte die Herrin nochmals; spielen denn die mit Schuhen oder in Schuhen?

Nein, Mamsell, so ist die Insicht nicht; sondern mein Vater seliger, der plattdeutsch sprach und bei's Theater war, sagte Schauspeler und da muß ich doch in meine hochdeutsche Bildung bei's Pestohrs Schuh= spieler sagen.

Die alte Mamsell lachte ein wenig über den Bil= dungseifer ihrer Magd, hatte aber sonst Nichts da= gegen einzuwenden, da Trine eine treue und fleißige Person war, wenn sie auch beim Forttragen der Dorfzeitung zum Vogt zuweilen unterwegs stehen blieb und selbst etwas las.

Was hatte denn dein Vater mit dem Theater zu thun? fragte die Herrin weiter.

Er war Loschenschließer, erwiederte das alte Mädchen, und hatte sein gebildetes Auskommen bis er abgesetzt wurde und kümmerlich starb.

Warum wurde er denn abgesetzt?

O wegen Schaluschheit[1]), indem er bei Freunden

---

[1]) Mißgunst, von jaloux.

ein bischen durch die Finger sach und von so'n Hallun=
kigten angezogen . . . angezeigt wurde.

Nahm sich denn Niemand Seiner an?

Nein, Mamsell, und ich war auch sehr empor
darüber, und als er begraben wurde, konnte der
Leichenwagen nur in weniger Gesellschaft fahren.

Da müssen die Freunde nicht treu gewesen sein!

Niemals, Mamsell, nur Einige waren gut und
diesen ließ ich einen schönen Dank in das Blatt setzen.

Das war recht, Trine!

Ja, hören Sie nur: ich kann's noch von baußen: [1])

„Allen Denjenigen, die gestern zu mir als Privatfreunde
die einzigen waren, überzeugen sich hierdurch gedruckt, daß mein
Dank in dieser Dankbarkeit ihnen auf mein Herz zu schließen das
Weitere selbst bewußt bleiben möge.“

Dabei ergriff das alte Mädchen einen ihrer
Schürzenzipfel und rieb sich gerührt die Augen.

Als die Herrin Alles gehörig erforscht hatte, ging
sie stehenden Fußes zu ihrem Bruder, um ihm dasselbe
mitzutheilen.

Laß Dich nicht stören, Pastor! es dauert nicht
lange, aber ich habe Dir Wichtiges zu sagen.

Wichtig muß es in der That sein, Helene, er=
widerte der Bruder ein wenig verdrießlich, Du würdest
mich sonst nicht unterbrechen. Indessen hörte er die

---

[1]) Nach dem plattdeutschen: van buten, d. h. auswendig.

Erzählungen doch geduldig und mit sichtbarer Theil=
nahme an. Arme Stina! sagte er schließlich; sie war
meine beste Konfirmandin.

Als Hans sich einfand und seine vielbedachte Ein=
leitung beginnen wollte, kam ihm der alte Herr er=
leichternd zuvor. Ich kann mir schon denken, was
Dich hertreibt, sagte er; das ist ja eine böse Geschichte!

Ja, das ist es, Herr Pastor! und wir meinen
Alle, daß Sie kommen und Frieden stiften müssen.

So, das meint Ihr? Ja, mein Junge, das wird
nicht so leicht sein. Der Herr Bürgermeister ist ein
trefflicher Mann, aber er ist auch jähzornig und hart
und stolz. Allein ich werde thun, was ich vermag; es
ist ja meines Amts.

Doch Heinrich wollte von dem Amte Nichts wissen.
Weg met dem Kêrl! rief er wüthend; schöll' dat
schlechte Wiwesstük beter vermânt hebben! Henût
met' em!

Der muß erst noch stiller und weicher werden, sagte
der Pastor sanft; ich komme schon später wieder.

Und Heinrich ward auch stiller; aber erst nach
geraumer Zeit. Mehrere Tage tobte er noch fort und
traute dabei Niemanden; er meinte, Alle stächen mit
Christinen und Dietrich durch; seine eigene Frau durfte
nicht davon reden. Am meisten Zutrauen hatte er

noch zu Hans. Dieser wagte es eines Morgens, sich an sein Bett zu setzen und zu fragen: wo geit et, Hinnerk-Vedder?

Ach vermukt schlecht! antwortete Heinrich un= gewöhnlich ruhig, ek wêre wol ganz krank wêren. Nach einer Weile fuhr er fort: Hans, ek weit, du bist en trûe Junge un segst niks wêr, wut du mi eis wat ut de Brennewinskamer halen?

Ja, Vedder, gêren!

Awer most mi nig likken! süs verderft de Honnig ... Hale mi'n lütjen Pommeranzen! Hêr is de Slötel!

Hans that, wie ihm geheißen; nur konnte er's nicht lassen, ein Stück Süßigkeit zu nehmen; doch nahm er Zucker statt Honig, und konnte darum mit Zuver= sicht die Zunge ausstrecken, als Heinrich fragte: Hest du ôk elikket?... Na, dat is recht, Hans, morgen schast du ôk en Stükke hebben.

Dazu kam's aber nicht; denn am andern Tage war die Krankheit im vollen Zuge. Es könnte wol ein Gallenfieber werden, erklärte der Doktor; „wir müssen's abwarten."

So blieben denn die Dinge Wochen lang, wie sie waren.

Hans ging vom Einen zum Andern. Unerbittlich

11*

aber weigerte er sich, zu Dietrich zu gehen, der mehrere Tage lang in peinlicher Ungewißheit über Christinen's Verbleiben sich befand.

Desto lieber ging er zu „Pestôrs", um dort Nachricht über den Verlauf der Dinge zu geben.

Des Onkels Krankheit scheint langwierig zu werden, bemerkte eines Abends Mamsell Helene;

O das habe ich mich gleich gedacht, fiel Trine ein; chronologische Krankheit sagte der Dokter in Hannover.

Ist er denn ruhig und nimmt er gut ein?

Ruhig wol; aber einnehmen will er nicht immer. Einmal kam der Knecht mit der Medizin und sagte: et kostet fîf Mattier![1] Mêr nig? schrie der Vetter, wat kan'k sau wat helpen! und schmiß die Büchse an die Wand.

Endlich legte sich die Krankheit. Der starke Mann war so hinfällig geworden, daß er sich nicht mehr selber aufzurichten vermochte. Und so trat denn auch eine gewisse innere Ruhe und Einkehr bei ihm ein.

Hans, sagte er plötzlich eines Morgens, du bist truë und brâv, segge mi eis, hest du Stinchen seihn?

----

[1] Ein Mattier, ehemalige Münze, vier schwere Pfennige.

Ja, Hinnerk-Vedder!

Wo süht se ût?

O ganz bedreuwet;[1] se is sau blêk un grint[2] sau vêl.

Sau? un . . .

Un alle Ogenblikke fraget se na jök. Wen ek dog man bi'm waken könne! säe se nog vörgistern. Hei is sau gaud, de ole Vâr, un ek hebbe'n sau e kränket! . . .

Ja, dat het se, brummte Heinrich vor sich hin. Wen ek'n dog man eis seihn könne, wen he ôk sleipe! . . .

Het se dat e segt?

Ja, wisse un wahr, Vedder!

Un jümmer bedreuwet? . . .

Ja! blôt ein Mâl het se lachet, asse'k vertelle, wo ji den dûknakketen Hallunken dâl smeten hebbet. Ja, säe se, dat kan Nömst sau asse use Vâr!

Heinrich lächelte wohlgefällig, und Hans kam zu der Ueberzeugung, daß jetzt der Pastor wieder kommen könne.

Dazu war denn auch der würdige Mann sogleich

---

[1] Betrübt.
[2] Weint.

bereit. Er setzte sich still und sanft an das Bett des Kranken, gab ihm die Hand, erkundigte sich mit warmer Theilnahme nach dem Befinden und nach anderen Dingen und schlich sich so ganz allmälig an das Herz und an die Sache heran, die er im Auge hatte, bis er nach geraumer Zeit beim „verlorenen Sohne" ankam und eben den Uebergang zur „verlorenen Tochter" versuchen wollte . . .

Hölt, Herr Pestôr! rief da plötzlich Heinrich, dat stimt nig!

Der Geistliche erschrak und sah ihn fragend an.

Ja, seihn Se, Herr Pestôr, up de Sünne kumt et mi nig an; de is jo wol bi Jungens und Derens glik; awer'n Junge de schüddet dat wêr af, an de Derens awer blift't hängen!

Das ist wol wahr, mein lieber Herr Bürgermeister, erwiderte der Pastor etwas verlegen; allein sehen Sie, das Christenthum macht doch keinen Unterschied.

Keinen Ünnerscheid? Hölt! Herr Pestôr, Ihr Wort in Ehren! Sie sind ein gelehrter Mann, awer hîr tömet[1]) Se das Pêrd bi'n Schwanze up! Wen dat met Jungens un Derens einerlei wöre, sau herre de Bibel dat ôk e segt!

_____

[1]) Hier zäumen Sie das Pferd beim Schwanze auf!

Der Paſtor merkte wol, daß er vor der Hand feſt ſaß. Er dachte bei ſich ſelbſt: es iſt wol beſſer, daß ich hier abbreche und morgen einen weiteren Ver=ſuch mache. Da, mit einer gewiſſen Anſtrengung, ſagte Heinrich:

Dat wi öſch recht verſtåt, Herr Peſtôr! dat Kind blift an de Deren hengen, awer nig de Bengel! Ek hebbe minen Kinne Alles vergewen. Stina mag wêr kommen; awer dat mi nümmermêr de Hallunke ünner de Ogen kumt!

Das war mehr, als der Paſtor irgend gehofft hatte. Lauf, mein Junge, ſagte er zu Hans, und bring dem armen Mädchen die frohe Botſchaft und nimm Chriſtine gleich mit. Gott lohn' es Ihnen, Herr Bürger=meiſter, Sie werden einen frohen Abend haben.

Chriſtine und die alte Großmutter weinten und lachten Eins um's Andere. Als jene mit Hans an die väterliche Hausthür kam, fing ſie an zu zittern und konnte kaum athmen; dann lief ſie ſchluchzend zur Kammer, ſank vor dem Bett nieder und rief: Vår, Vår, kön ji mi vergewen?

Na, Na, machte der Alte und konnte vor Thränen nicht reden, ſta up, Stinchen! arm Kind, wo blêk du biſt!

O Vâr, hebbe ji mi den ôk Alles vergewen?
dat ek wêr ruhig slapen kan?
Ja, ja, mîn Deren, al längst!
Und beide schliefen diese Nacht ruhig und leicht
bis in den hellen Tag hinein.
Und beide waren dann fast immer beisammen.
Aber von Dietrich wurde nie gesprochen.

Ek weit nig, wat dat is, sagte eines Tages die
kleine Bürgermeistersfrau zu sich selbst, 't sind al vele
Weken, un mi is jümmer sau brekerig te Sinne...
Ek mot dog eis de ole Büth'sche fragen. Tau
Hinnerk un Stinchen mag ek niks seggen. Se
schöllen mi ja wol regelêr ûtlachen, wen't dog niks
wöre!
Als die kleine, dralle Frau bei der alten Klapper=
tasche ankam, war zunächst natürlich von Christinen
die Rede. Ja Jugend hat keine Tugend, lachte Frau
Büthe, un wen de Planke en Lok het, sau krûpt er
de Göse dör![1] Warümme hadde de ole Hinnerk
dat Lok nig beter tau e negelt?
Dann schlossen sich die Beiden ein und hielten
allerlei geheime Berathungen, deren Ergebniß die alte

---

[1] Wenn der Lattenzaun ein Loch hat, so kriechen die Gänse
durch.

künnige Frau in den Spruch und in die Worte zu=
sammenfaßte: Tîd un Flît bringt Profît! . . Ja, de
ole krusemirige Hinnerk! . . . Un ek löwe, Fiking,
et is en Junge! . . .

Frau Fike tanzte mehr nach Hause, als sie ging.
Hinnerk, rief sie ihrem Mann entgegen: ek weit wat,
wat du nig weist!

Aber sie sagte ihm nicht gleich, was sie wußte.
So eine wichtige Angelegenheit mußte mit Bedacht
behandelt und auch nutzbar gemacht werden. Wenn
es ein Junge würde, überlegte sie, so könnte ja Nichts
angemessener sein, als daß Stina dem künftigen
Stammhalter Platz machte und „abheirathete;" und
dann war's doch auch dem armen Mädchen zu gönnen,
daß sie ihren Dietrich bekäme . . .

Ja, wat versprekst du mi, Hinnerk, wen't sau
is un en Junge kumt?

Alles, Fike!

Ok, dat Stina ören Diderich hebben schal? un
en lütjen Hof dartau gekoft?

Ok dat, juchhe!

Und der alte Bursch sprung asse'n Tinshahn!

Wie hofften nun Alle auf den Jungen — Mutting,
Vatting, Stining, wie die alte Büth'sche sagte!

Und richtig, es war ein Junge!

Nu schal ôk Kinddöpe und Hochtîd up einen
Dag sîn! entschied Heinrich!

Un Diderich un Hans mötet Vaddern[1]) weren,
setzte die glückliche Mutter hinzu.

Un mi werd wol dat Anorneren taufallen, rief
Husemann, der mit möglichster Unbefangenheit seinen
Glückwunsch brachte.

Ja, erwiderte Heinrich, anners geit dat nu einmal nig, Vadder! dat Kummederen most du daun.

---

[1]) Gevattern.

Druck von Fr. Aug. Cupel in Sondershausen.